Jean Tardieu

La comédie
du drame

Gallimard

AU LECTEUR

Comme les deux précédents « Folio » consacrés à mon œuvre théâtrale, *La comédie du langage* et *La comédie de la comédie*, celui-ci est intitulé *La comédie du drame* parce que les pièces qu'il contient, bien que toutes différentes de genre et de sujet, sont rassemblées autour d'un thème commun : on y trouve une part d'humour, — un humour parfois grinçant — mais surtout des aspects dramatiques, mêlés à l'insolite.

Voici, brièvement exposé, l'essentiel de deux d'entre elles : la première (la plus longue) et la dernière (la plus courte).

La première, intitulée *La cité sans sommeil*, est un mythe moderne où l'on voit, dans un pays imaginaire, un tyran absurde et cruel interdire à ses sujets le sommeil, sous peine de mort. Cette interdiction, naturellement, empêche les habitants de rêver. Or les cauchemars, qui normalement trouveraient leur libération dans les esprits endormis, prennent enfin leur revanche : ils envahissent la cité comme un troupeau de bêtes sauvages aux formes imprévues et terrifiantes, jusqu'au moment où la population, dans un sursaut d'énergie, les chasse ; on les voit disparaître en se bousculant dans la brume du matin.

La dernière pièce, *La jeune fille et le haut-parleur*, commence comme une histoire banale, dans un supermarché, et finit tragiquement. La jeune fille, touchante et timide, est seule en scène. Elle est interrogée par un haut-parleur qui n'est qu'une voix sans visage. Peu à peu le ton se modifie et devient la voix étrange d'une femme, annonçant à la jeune fille, par un poème de forme romantique, qu'elle va être menée à la rivière pour être noyée.

Ainsi, en partant d'une réalité quotidienne, on rejoint un monde imaginaire dangereux, avec certaines allusions à des souvenirs classiques : dans le premier cas, un couple jeune et gracieux comme des danseurs évoque le mythe d'Orphée, lorsque celui-ci veut reprendre aux Enfers sa chère Eurydice. Il lui répète : « Ne te retourne pas ! » De même, le jeune homme dit à sa bien-aimée : « Ne dors pas ! Sinon, tu vas mourir. » Quant à la dernière pièce, elle n'est pas sans évoquer le lied de Schubert : *La jeune fille et la mort.*

J. T.

La cité sans sommeil

FICTION FANTASTIQUE

Le personnage principal de cette pièce est un tyran. Pour le désigner, l'auteur avait choisi un terme révélateur des idées absurdes d'un dictateur. Evidemment, ce terme ne se réfère en rien à l'activité d'un corps de métier contemporain.

Lieu de l'action : un pays imaginaire, de nos jours ou dans l'avenir.

PERSONNAGES

(par ordre d'entrée en scène)

UN HOMME ENDORMI. *Entre deux âges. Il rêve tout haut.*

DEUX GARDES. *En uniforme.*

LE « PROMOTEUR ». *Ce terme désigne le chef d'un État imaginaire, qui est un tyran. Il a la cinquantaine. Il est sanguin et athlétique. La violence de ses comportements et de sa voix, la rapidité de ses gestes, toute sa personne donne l'impression d'une autorité sans frein, marquée à la fois par la cruauté et l'hypocrisie. Ce qui ne l'empêche pas de se montrer lâche et tremblant devant sa femme.*

IDA. *Épouse du « Promoteur ». Elle est belle, coquette et rusée. Si elle semble plus disposée que son mari à la clémence, c'est sans doute, en partie, par calcul. Toutefois on pressent (et on le verra à la fin de la pièce) que son bon sens la rend plus humaine et plus lucide.*

LE CHEF DU C.S.G. *C'est le chef redoutable et redouté du « Corps de Surveillance générale », le C.S.G., formation de policiers en civil, partout présents et impitoyables.*

11

LA NOURRICE. *Nourrice du neveu du Promoteur, grosse femme du peuple qui a élevé plusieurs enfants dans la famille du tyran et, de ce fait, affecte d'avoir son franc-parler avec ses maîtres.*

LE NEVEU. *Neveu du Promoteur. Jeune garçon d'une dizaine d'années, sûr de lui et arrogant.*

POLICIERS DU C.S.G. *Organisés militairement, mais vêtus en civil, de costumes disparates : blouson noir, blue-jeans, salopettes, complets-vestons défraîchis, etc. Seules caractéristiques communes : un chapeau de feutre gris foncé et une canne plombée. Suivant les possibilités du théâtre, ils sont plus ou moins nombreux, de cinq à vingt.*

PREMIER PROMENEUR. *Aspect ad libitum.*

DEUXIÈME PROMENEUR. *Ils sont toujours ensemble.*

UNE PROMENEUSE. *Femme du précédent.*

UNE PETITE FILLE. *Fille de la précédente.*

LE REPORTER DE LA RADIO. *Petit homme corpulent et jovial, toujours pressé, vêtu d'une veste à carreaux très voyante.*

MARIO. *Amant de Paola. Jeune homme inspiré et très beau. D'aspect viril et sportif, il a une élégance naturelle et une sincérité convaincante qui attire la sympathie.*

Son humeur changeante s'exprime tantôt par la gaieté et l'allant, tantôt par une rêverie pensive, tantôt par la décision et le courage. Chacune de ses paroles, chacun de ses gestes trahit l'amour passionné qu'il porte à Paola.

PAOLA. *Amante de Mario. Elle personnifie la beauté féminine, la jeunesse, la distinction. Elle passe par toute la gamme des sentiments : de l'amour à la peur, de la confiance au désespoir.*

La grâce souveraine des deux amants les apparente à des danseurs.

FIGURANTS MUETS. *Gardes, passants, serveurs, etc., nombre ad libitum.*

Nota : De la page 85 à la page 95, le metteur en scène est libre, soit de ne pas *montrer* les figures de cauchemar, en laissant jouer l'imagination du public à partir des répliques des personnages (par exemple du Radioreporter), soit de faire *entrevoir* les monstres par divers moyens (ombres et lumières, projections, musiques, bruitages, etc.) à condition que ces « apparitions » restent mystérieuses, ambiguës et impressionnantes.

PROLOGUE

Au lever du rideau, la scène est plongée dans une demi-obscurité. Cependant on devine que l'on se trouve devant un promontoire descendant à gauche sur une vaste plaine assez lointaine, où apparaissent quelques lumières très espacées.

Un temps. Puis on perçoit de très vagues gémissements. Cela part d'un homme que l'on ne distingue que peu à peu et qui est écroulé par terre sur la pente du promontoire (peut-être sur les marches d'un escalier). On distingue quelques paroles sans suite. L'homme a les yeux fermés. On ne comprend pas bien s'il est blessé ou moribond, ou si c'est un ivrogne cuvant son vin ou bien encore si, tout simplement, il est en train de dormir et de rêver tout haut.

L'HOMME, *la bouche pâteuse,*
parlant de façon presque grommelée.

Mais non !... non, non !... non, mais non !... ce n'est... c'est... ce n'est pas... c'est pas possible... non, non et non !... une tête... de cheval... moi, je dis... un homme sans tête... une tête morte... qui roule... roule... dans l'eau... le sable... deux petites têtes mortes... vingt... trente... cinquante... cent mille têtes mortes... la rivière... l'eau de la rivière... la chevelure... les cheveux bleus, le fleuve... le bruit... le fleuve... c'est la troupe... à cheval... le troupeau... de chevaux, la chevelure....

Vers le milieu du monologue du rêveur, on a vu apparaître deux personnages en uniforme. Ce sont

15

deux gardes qui ont gravi lentement le promontoire et se sont arrêtés net devant l'homme écroulé.

PREMIER GARDE, *à son collègue.*

Arrête !... Écoute !

Le rêveur continue son monologue entrecoupé et balbutiant.

DEUXIÈME GARDE

Ben quoi ! Je vois rien !

PREMIER GARDE

Mais tu entends, non ?

DEUXIÈME GARDE, *prêtant l'oreille.*

Ben, il est saoul !

Le premier garde braque par terre une torche électrique. Apercevant le rêveur, il immobilise le faisceau de lumière.

PREMIER GARDE

Non ! C'est autre chose !... Regarde !

DEUXIÈME GARDE, *faisant un geste comme pour s'élancer sur le gisant.*

Ah ! Un mourant ? Vite, il faut le...

PREMIER GARDE

Mais non, imbécile ! Arrête !

DEUXIÈME GARDE

Alors, quoi ?

16

Le groupe s'éclaire peu à peu pendant que le reste du théâtre reste dans la pénombre.

PREMIER GARDE

T'as pas compris ? T'es pas futé !

DEUXIÈME GARDE, *haussant les épaules.*

Et toi ? Tu te crois malin ?

PREMIER GARDE

Tu vois donc pas ? C'est justement ce qu'on cherche !... L'infraction, celle qu'on nous a demandé de repérer partout ! Un rêveur ! Un dormeur, quoi !

DEUXIÈME GARDE

Bon ! Bon ! On peut parler tout seul, non ?

PREMIER GARDE, *avec entêtement.*

T'es pas fou ! Il dort, j'te dis. Alors, il a droit à une contravention.

LE RÊVEUR, *continuant son monologue somnolent.*

Salut, Monsieur l'Intendant !... Quel plumage !... Un vrai sauvage !... Des rubis, des perles, un bec d'acier ! Les ailes repliées... *(Il simule, d'une voix exténuée, à peine audible, les sons d'une trompette bouchée.)* Le couvre-feu !... Sonnerie du soir !... Fichtre !... Un musée de plumes de couleur... Des femmes-serpents... Pour servir à boire. *(Il glousse bizarrement comme s'il riait.)*

PREMIER GARDE

Tu entends, maintenant ? Il dort, le salaud ! Il se permet de dormir en pleine ville ! Et il rêve, en plus ! On se croit tout permis !... Faut le surprendre, en flagrant délit ! Hein ! Tu es témoin ?

17

Témoin de quoi ? Je le connais pas, j'vois rien !

PREMIER GARDE

Mais tu entends, idiot ! Il dort. Il dort et il rêve, le bougre !... Allons, viens ! On l'emmène, on lui fera son procès-verbal une fois arrivés au poste de garde.

Il entraîne son collègue vers le coin où est couché le rêveur.

PREMIER GARDE, *se penchant pour saisir le rêveur au collet.*

Ah, mon bonhomme ! On se permet de dormir ? Réveille-toi, sale brute !

DEUXIÈME GARDE, *aidant son collègue à mettre le dormeur debout.*

Hé ! Vaurien ! On te dit de te relever !

Le rêveur, tout engourdi par le sommeil, se laisse tomber de nouveau.

PREMIER GARDE

Ouvre tes quinquets, bougre de marmotte ! Tiens !... Tiens !... Attrape ça ! Ça t'apprendra à dormir en pleine rue.

Il le frappe sauvagement, du revers de sa main droite.

LE RÊVEUR, *poussant un cri de douleur.*

Moi ? Non, mais non !... Pas dormir ! Pas sommeil !

DEUXIÈME GARDE

Alors, qu'est-ce que tu fous ?

Fais pas l'idiot ! On t'a entendu, tu rêvais tout haut ! Tu pionçais ferme !

LE RÊVEUR, *terrifié,*
mettant ses bras devant sa figure.

Non ! Non ! Je jure ! Dormais pas ! Dors jamais !

DEUXIÈME GARDE

Alors, quoi ? Tu lis un roman ?

LE RÊVEUR, *plaintivement.*

Malade !... Malade, je vous dis...

Il se rendort et s'écroule à nouveau.

PREMIER GARDE

Rien à faire avec ce foutu mec !... Allez, on l'emporte ! Prends-le par les pieds, moi par les épaules... Han ! Han ! Tu vas voir, tu vas voir, bonhomme, on saura bien te réveiller !

Ils font comme il vient d'être dit. Ils emportent vers la gauche, en descendant, le dormeur qui continue à murmurer des mots incompréhensibles. Ils disparaissent tous les trois.
Le rideau s'abaisse, mais se relève presque aussitôt.

PREMIER TABLEAU

Le même décor. Mais la lumière d'une aurore mauve et rose a commencé à se lever. On voit peu à peu émerger de l'obscurité, au premier plan à droite, un portique très haut. C'est le péristyle d'un palais dont la plus grande partie reste invisible. En même temps, il se précise que l'on se trouve devant un promontoire, dominant une plaine immense, où brillent des lumières éparses. C'est dans cette plaine que s'étend la Cité, pour le moment cachée par une obscurité presque totale.

Au premier plan, le portique s'éclaire à demi. Apparaît le Promoteur, sortant du palais à grands pas. C'est un homme de haute stature qui fait résonner ses bottes cloutées sur les dalles.

Arrivé au bord de la terrasse qui prolonge le péristyle il scrute un instant l'horizon, puis appelle.

LE PROMOTEUR, *d'une voix forte.*

Holà ! Holà ! Gardes !... *(Personne ne répond.)* Quelqu'un !... *(S'impatientant :)* Bon sang ! Quelqu'un !

Un soldat monte rapidement l'escalier qui aboutit à la terrasse. Arrivé à quelques pas du Promoteur, il se met au garde-à-vous. Il est essoufflé d'avoir couru.

LE SOLDAT, *presque tremblant.*

Mon... Excellence ! À vos ordres !

21

LE PROMOTEUR, *avec brusquerie, puis avec fureur,*
désignant la plaine obscure à ses pieds.

Qu'est-ce que je vois ? Ou plutôt : que je ne vois pas ?
Quoi, la ville presque éteinte ! Seulement quelques lueurs,
par-ci, par-là ? Qu'est-ce qui se passe ?

LE SOLDAT, *balbutiant.*

Mais... Excellence... Je vous...

LE PROMOTEUR, *l'interrompant avec colère.*

Sais-tu quelque chose ?

LE SOLDAT

Mais, rien, Excellence ! Il faudrait... Peut-être...

LE PROMOTEUR, *lui coupant de nouveau la parole.*

Quoi : peut-être ?... Va te renseigner au palais ! Vite !
Appelle le secrétariat, la centrale électrique, l'officier de
garde, n'importe qui ! Allez, va !... Dépêche-toi !

LE SOLDAT

À vos ordres, Excellence !

> *Il fait demi-tour et sort en courant. Dans la lumière*
> *encore pâle de l'aurore, apparaît à droite une lueur*
> *venant du palais. En même temps, on entend résonner*
> *les pas d'une femme qui marche vite, chaussée de*
> *petites mules aux talons durs.*

IDA, *paraissant, une torche à la main.*

Que fait mon cher seigneur... dès l'aube, sur cette terrasse
glacée... au lieu de...

LE PROMOTEUR, *soudain apaisé*
mais sur un ton bourru.

Au lieu de... au lieu de : vous n'allez pas ajouter : au lieu de dormir, non ? *(Avec une soudaine tendresse :)* Vous seule avez ce droit, vous le savez bien, mon petit cœur !

IDA, *riant.*

Dormir, moi ? Alors qu'il y a tant à faire pour le bien du peuple — et de son chef aimé ?

LE PROMOTEUR, *de nouveau plein de colère,*
se retournant vers l'horizon et désignant la plaine
avec un geste large.

Regarde ! La ville, en bas ! Elle devrait être illuminée ! Éblouissante ! Comme toujours ! Crépuscule, nuit, aurore — rien n'interrompt la vie, dans ma Cité. Le travail, je veux dire la Fête, la Fête perpétuelle ! Pas de repos : je dois pouvoir lire à minuit comme en plein jour. Je dois entendre le vacarme de tout : des ateliers, des gares, des chantiers, des écoles !... Au lieu de cela, à l'heure qu'il est, bientôt le jour, vois, écoute : rien ! Rien ! L'obscurité ! Le silence ! Pour la première fois, après des années de gloire et de puissance, depuis la réussite complète de mon système ! *(Avec une fureur redoublée :)* Mais qu'est-ce qui se passe, bon Dieu !

IDA, *s'approchant de lui*
et lui prenant la main.

Ne vous fâchez pas, mon Promoteur bien-aimé ! Sans doute une panne momentanée, une simple panne des centrales électriques ! Ça peut arriver...

LE PROMOTEUR, *tapant du pied.*

Ça ne *doit* pas arriver ! Nous devons rester éveillés ! Pas de relâche, pas de répit, sinon...

23

Sinon ?

LE PROMOTEUR

Sinon, eh bien, notre ennemi se précipite sur nous !

IDA

Quel ennemi ? Il n'y en a pas ! Nous sommes plus forts que tous les autres !

LE PROMOTEUR

Notre pire ennemi : l'inertie, l'immobilité. Ce serait retomber plus bas que la dalle du tombeau !

> *Deux soldats, ayant gravi rapidement les marches de la terrasse, s'avancent vers le Promoteur et se mettent au garde-vous. À ce moment, on entrevoit derrière eux un troisième personnage qui reste d'abord dans l'ombre.*

LE PROMOTEUR, *s'approchant d'eux, menaçant.*

Alors ? Quelles nouvelles ? Vite ! Répondez !

PREMIER SOLDAT

Excellence, un... un chef... demande une entrevue.

LE PROMOTEUR

Quel chef ? Eh bien, qu'il parle ! Pourquoi tant de mystère ?

LE SOLDAT

Pardonnez, Excellence : il demande à vous parler... seul à seul.

24

Bon ! Laissez-nous ! *(À Ida :)* Et vous aussi, mon doux sourire ! *(Au troisième personnage :)* Vous, approchez !

Les deux soldats, après avoir fait claquer leurs talons et salué, s'éloignent, à distance suffisante pour être censés ne pas entendre. Mais on voit bien que, chargés de surveiller la scène, ils se sont immobilisés dans la pénombre et restent aux aguets. Ida s'éloigne à regret, en adressant, de la main, un petit signe affectueux au Promoteur. Le troisième personnage qui est le chef du C.S.G., c'est-à-dire, Corps de Surveillance générale, fait quelques pas vers le Promoteur et s'arrête. Il est vêtu en civil, très pauvrement. Son visage est pâle, inexpressif, ses gestes sont lents et calculés.

LE PROMOTEUR

Que de temps perdu ! Qui êtes-vous ? M'apportez-vous des nouvelles... sur cette obscurité soudaine ? On dirait que la vie s'est arrêtée partout ! Qu'est-ce que ça signifie ?

LE CHEF DU C.S.G., *avec embarras.*

Excellence, si je me suis permis de solliciter une entrevue... sans attendre... c'est que..

LE PROMOTEUR, *l'interrompant avec un geste de colère.*

Pas de préambule ! J'ai dit : qui êtes-vous ?

LE CHEF DU C.S.G.

Le chef du C.S.G., votre Corps de Surveillance générale, Excellence. Nul ne connaît mon nom, pas même vous. *(Avec un humour sinistre :)* Pas même moi !

LE PROMOTEUR, *soudain radouci.*

Alors, que se passe-t-il ? Mauvais présage ?

LE CHEF DU C.S.G.

Hélas oui, Excellence. En tout cas, je ne sais quoi d'inquiétant, de très inquiétant, s'est produit cette nuit.

LE PROMOTEUR

Un incident technique ? Une panne ? S'il y a une défaillance, une erreur, une faute, renseignez-vous tout de suite — et surtout renseignez-moi sans attendre.

LE CHEF DU C.S.G.

C'est peut-être plus grave encore...

LE PROMOTEUR, *comme s'il aboyait.*

Hein, quoi ?

LE CHEF DU C.S.G., *s'approchant*
un peu plus près du Promoteur
et lui parlant presque à voix basse.

Excellence, nos agents, très nombreux, très habiles, nos agents, *vos* agents, infiltrés dans les masses populaires, soupçonnaient déjà...

LE PROMOTEUR, *avec une impatience croissante.*

Soupçonnaient quoi ?

LE CHEF DU C.S.G., *lui faisant signe de patienter.*

Oui, on s'en doutait déjà, depuis quelques semaines, mais...

26

LE PROMOTEUR, *l'interrompant.*

Plusieurs semaines ? Et on laissait faire ? Et on ne m'a pas prévenu ?

LE CHEF DU C.S.G.

Excellence, pardonnez-moi, vous savez bien que, pour suivre une filière, il faut se garder d'intervenir. Il faut savoir écouter, attendre, préparer nos pièges, suivre les pistes. Enfin...

LE PROMOTEUR, *éclatant.*

Enfin, enfin ! Allez-vous parler clairement ?

LE CHEF DU C.S.G., *comme avec peine.*

Enfin, enfin... Nous venons... à l'instant... d'avoir la preuve... qu'il se préparait... *(mystérieusement, presque à voix basse :)*... quelque chose !

LE PROMOTEUR, *stupéfait.*

Quelque chose ! Vous avez bien dit : quelque chose !... Mais c'est insensé ! Je dis : c'est *impossible !*

LE CHEF DU C.S.G., *avec conviction.*

C'est pourtant le cas, Excellence. Du moins nous le pensons et... *(Il se retourne vers la ville à moitié obscure et, la désignant d'un grand geste :)*... Et *ceci* serait la première manifestation visible de... disons, de la « chose ».

LE PROMOTEUR, *avec amertume.*

Un incident de taille ! La capitale sans lumière, sans activité, un silence de nécropole...

De plus, nos agents estiment que ce n'est qu'un essai... *(se reprenant)*, je veux dire une première tentative. Une sorte de... préparation, d'avertissement... criminel !

LE PROMOTEUR, rugissant.

Un « avertissement » ! Quel mot ! Ils vont voir ce que j'en fais, de leur avertissement ! Il faut trouver tout de suite les responsables, les têtes ! Les juger, les punir ! Procédure d'exception ! État d'urgence ! Mais surtout, surtout, que la Cité se remette au travail, que j'entende son cœur battre à nouveau, comme mon propre cœur !

> *À peine a-t-il dit ces mots, qu'une sorte de roulement lointain, coupé de hurlements de sirène, monte de la Cité. En même temps, très vite, mais par degrés, et par quartiers, toute la ville s'éclaire, avec les feux fixes des réverbères, les fenêtres des gratte-ciel, les affiches lumineuses en mouvement.*

LE PROMOTEUR, comme ivre de joie,
prenant le policier par le bras
et le faisant pivoter sur lui-même, face à la ville.

Voyez, imbécile ! Voyez ! Le voilà, votre « avertissement » ! Ce n'était rien d'autre qu'une panne des usines électriques, une simple panne ! Et puis, vous vous rendez compte, hein ? Il suffit que j'ordonne, même mentalement — et tout repart.

LE CHEF DU C.S.G.

Respectueusement, Excellence, je supplie respectueusement votre Excellence de ne pas se fier aux apparences ! Nous savons, je vous assure, *nous savons* que « quelque chose » se prépare.

28

LE PROMOTEUR, *avec rage.*

Alors, des preuves! Des preuves réelles! Des faits, des aveux, des coupables!

LE CHEF DU C.S.G., *essayant de le calmer.*

Oh! Excellence! Ça n'est pas si simple! Ce que des milliers d'espions dévoués à vos ordres commencent à peine à flairer, ce n'est pas un homme seul — pardon, Excellence — ce n'est pas un citoyen isolé, fût-il le premier de tous, qui pourrait le maîtriser, d'un mot, d'un geste... ou d'une pensée!

LE PROMOTEUR, *vivement.*

Que proposez-vous?

LE CHEF DU C.S.G.

D'abord, si votre Excellence voulait bien, pour un jour, un seul jour, se faire aussi humble que le plus humble de ses sujets, se fondre dans la foule, ouvrir les yeux et les oreilles...

LE PROMOTEUR, *avec un mélange d'ironie et de mépris.*

Je ne suis pas comme vos gens, je ne suis pas un espion!

LE CHEF DU C.S.G., *avec amertume.*

Nous autres, vos espions, nous sommes nécessaires, Excellence. Vous le savez bien! Sans nous, pas d'État! Pas de surveillance! Pas d'obéissance!

LE PROMOTEUR

Je sais, je sais, vous êtes indispensables, comme les chacals dans les charniers! *(Avec un gros rire insolent :)* Mais surtout, ne prenez pas mal ce que je vous dis là!

LE CHEF DU C.S.G., *haussant les épaules.*

Nous sommes habitués aux injures !... Mais songez à mon conseil, Excellence, faites comme moi : habillez-vous sans recherche, comme le premier venu ! Votre coiffeur vous fera une tête méconnaissable, impersonnelle. Bon, bon, vous descendez de votre palais. Vous vous mêlez aux passants. Vous parlez à l'un, à l'autre : un brin de cour aux filles les plus délurées, un verre de trop au cabaret. Au besoin, on marche sur les pieds d'un ivrogne, on bouscule un jeune imbécile. S'ensuit une rixe. Alors les gens se déclarent. Alors on voit bien qui dort et qui veille... Mais faudra être patient ! Ce n'est pas en un jour qu'on peut en savoir autant que vos milliers de... *(avec une ironie grinçante :)* de « chacals », je veux dire d'espions !

LE PROMOTEUR, *avec dédain.*

C'est tout ce que vous proposez, comme preuves — ou comme remèdes ?

LE CHEF DU C.S.G.

Ce n'est pas encore le remède, c'est pour que vous puissiez établir votre diagnostic. Croyez-moi : le bain de masse, rien de mieux pour un chef d'État ! Tout part de lui et tout y revient. Il a autant de bras que de sujets ! Et autant d'oreilles !

LE PROMOTEUR, *bourru.*

J'y réfléchirai. Mais avant tout, il faut que la grande veillée reprenne et ne s'arrête plus. Mon œuvre, cette œuvre immense que tout le monde admire et craint, mon œuvre personnelle, mon chef-d'œuvre, c'est d'avoir interdit le sommeil ! Grâce au génie d'un de nos savants, je le sais, mais mon coup de génie à moi est d'avoir su utiliser malgré lui, contre lui, sa découverte extraordinaire, pour décupler les forces de notre peuple. Et tant que je serai en vie, on ne reviendra plus sur ce qui a été décidé : le sommeil est une étape dépassée, un retard monstrueux dans le développement des sociétés humaines. Le sommeil est un crime : ceux qui s'y adonnent doivent être châtiés !

LE CHEF DU C.S.G., *durement.*

Oui, à commencer par le savant lui-même dont vous avez utilisé la découverte !

LE PROMOTEUR

Il a été puni, non pour sa découverte bien sûr, mais pour s'être élevé contre l'usage que j'en fais. Tant pis pour lui. Ce qu'il a trouvé ne lui appartient plus.

LE CHEF DU C.S.G., *avec un humour cynique.*

Alors, si vous voulez connaître vraiment l'effet du fameux « Sérum de l'Insomnie », Excellence, ne vous endormez pas, c'est le cas de le dire, sur vos lauriers : faites corps avec votre peuple ! Regardez et écoutez !

LE PROMOTEUR, *comme se parlant à lui-même,*
dans un rêve extasié.

L'insomnie générale ! La grande étape du progrès ! Que personne ne retombe plus dans ce misérable sommeil. Ni jeunes, ni vieux, ni les riches, ni les pauvres ! Lumières, bruits, roulements, hurlements, le stade, les arènes, les bals, les marchés et les bagnes, les cafés et les tribunaux ! Fanfares, feux d'artifice, mariages, enterrements, grandes manœuvres, défilés militaires, processions religieuses, les trains qui entrent en gare, le bang des avions supersoniques, le départ assourdissant des fusées, les navires qui prennent le large, la foule qui hurle, les criminels qui tirent, la police qui répond par des rafales : tout m'est bon pourvu que rien ne cesse, que nul ne s'endorme, que l'or s'amoncelle dans les coffres des banques, que la monnaie circule, que les comptoirs de la Bourse vocifèrent en se lançant des chiffres comme des ballons, que les uns s'enrichissent en un jour tandis que les autres se suicident de désespoir, que les crèches soient pleines comme les ossuaires ! *(Il se tait et reste un moment silencieux, comme halluciné.)*

LE CHEF DU C.S.G., *après un temps.*

Eh bien, tout cela, Excellence, vous sera sensible rien qu'en vous promenant dans les rues. *(Sur un ton bizarre, inquiétant :)* Et vous verrez quels sont ceux qui vous menacent : ceux qui veillent ou ceux qui dorment.

LE PROMOTEUR

Je vous le répète — et vous le savez bien —, il est interdit de dormir.

LE CHEF DU C.S.G.

Excellence, attention ! Gare aux poisons distillés par l'insomnie !

LE PROMOTEUR, *avec impatience.*

S'il y a des malades, on sait les soigner... Mais, assez de sottises ! Foutez le camp, je vous ai assez vu.

LE CHEF DU C.S.G., *avec entêtement.*

Bien, bien. À vos ordres, Excellence ! Mais je ne me lasserai pas de vous crier casse-cou.

LE PROMOTEUR, *se moquant de lui.*

J'aviserai, j'aviserai !... Maintenant, partez, espion aux grandes oreilles ! Sbire de mélodrame ! Délateur d'opéra !

LE CHEF DU C.S.G., *s'inclinant avec une ironie glaciale.*

Soit ! Puisse « ma délation » vous sauver, vous et l'État ! « Votre délateur » vous présente ses respects.

Il fait quelques pas vers le bord de la terrasse, puis, avant de disparaître, il se retourne et appuyant intentionnellement sur les mots :

LE CHEF DU C.S.G.

Avec votre permission, je vais *dor-mir!*

LE PROMOTEUR, *faisant semblant de foncer sur lui, le bras levé, pour le châtier.*

Pas de provocation ! Assez ! Assez !

Le policier disparaît. Pendant les dernières répliques, les deux soldats en faction ont fait quelques pas vers la terrasse, le revolver au poing.

LE PROMOTEUR, *s'adressant à eux.*

Retirez-vous ! Laissez-moi seul ! J'ai besoin de réfléchir.

Les soldats claquent les talons et disparaissent. Le Promoteur reste seul et arpente la scène à grands pas, les mains croisées derrière le dos, plongé dans ses réflexions.
Pendant ce temps, le jour s'est levé, faisant pâlir les lumières de la Cité. On entend de plus belle le vacarme des rues, les sirènes d'usines, les roulements des voitures et des trains, les avions, etc. Les bruits continuent pendant que le rideau tombe et reste baissé un moment, juste le temps de changer de décor.

DEUXIÈME TABLEAU

Le rideau se relève sur l'intérieur du palais : une haute pièce, contiguë à la terrasse couverte du précédent tableau. Les bruits de l'extérieur s'arrêtent. Le mobilier est d'un luxe discret et sobre. C'est le cabinet de travail du Promoteur. À gauche, une grande table couverte de papiers, de dossiers, de téléphones, d'objets de bureau est entourée de cinq ou six sièges. À droite, un grand lit-divan sur lequel est étendue nonchalamment Ida, en longue robe d'intérieur. Derrière elle, entre deux hautes fenêtres par lesquelles on aperçoit des arbres, une grande porte à deux battants, ouvrant sur la terrasse éclairée par le soleil du matin.

Le Promoteur, toujours soucieux, arrive à grands pas, venant de la terrasse. Ida se soulève à moitié du lit-divan, avec un sourire qui veut être « enjôleur ».

IDA

Pourquoi mon doux seigneur est-il soucieux ? Quelles sont donc les révélations qu'il vient d'entendre ? Il semble bien, pourtant, que la vie de la Cité se soit remise en marche. Bruit délicieux pour vos oreilles, non ? Je vous l'avais bien dit, ce n'était qu'une panne d'électricité ! *(Après une courte hésitation :)* Une grève peut-être ?

34

Ne parle pas de malheur ! Une panne, passe encore, mais une grève !... Non, c'était pire que cela : la police prétend que « quelque chose » se prépare. Quelque chose ! Dans notre pays, sous le régime que j'ai instauré, c'est impossible. *(Il ricane grossièrement.)*... Mais il faut être vigilant. De toute façon, c'est décidé, je prends les devants.

IDA, vaguement inquiète.

C'est-à-dire ?

LE PROMOTEUR, avec un sourire complice et cruel,
comme annonçant une bonne plaisanterie.

C'est-à-dire en convoquant ce que l'on appelle « les autorités » de l'État !

> *Il s'approche de la grande table et appuie sur un timbre dont le tintement aigu retentit et se prolonge. Au bout d'un instant, on frappe à la grande porte du fond.*

LE PROMOTEUR, d'une voix forte.

Entrez !

> *Un des vantaux de la porte s'ouvre. La silhouette d'une grosse femme entre deux âges s'encadre dans le chambranle.*

LA NOURRICE, un peu goguenarde.

Qu'y a-t-il, « mon » Excellence ?

LE PROMOTEUR, surpris et ricanant.

C'était l'huissier de service que j'appelais, pas toi !

IDA, riant.

Notre chère nourrice en sait peut-être plus long que lui !

35

LE PROMOTEUR, *pressé.*

Bon, allons va, et demande à l'huissier principal de convoquer immédiatement le Président de la Chambre.

LA NOURRICE

Pardon, « mon » Excellence : à une heure si matinale ?

LE PROMOTEUR

Il n'y a pas d'heures, ici ! Pas de matin, pas de soir ! Et puis, c'est urgent, très urgent. C'est un ordre, entends-tu ! Que le Président de la Chambre vienne me trouver ici même, sans perdre une minute... *(Se ravisant :)* Ah ! Et qu'il m'apporte le texte complet de la Constitution ! N'oublie pas !

La nourrice n'a pas bougé.

LE PROMOTEUR, *tapant du pied.*

Eh bien, tu as compris ? J'attends.

LA NOURRICE, *se mettant en branle en maugréant,
comme à regret.*

Bien, bien « mon » Excellence, on y va !

Elle s'éloigne et referme la porte derrière elle.

LE PROMOTEUR, *agacé.*

Pour qui se prend-elle, cette vieille garce ? Est-ce parce qu'elle a élevé jadis ton « Président » *(il prononce ce mot avec une ironie appuyée)*, c'est-à-dire ton propre-à-rien de frère ?

IDA, *avec un sourire,
plaidant la cause de la nourrice.*

Certes, elle n'est que dévouement. Elle veille sur son trésor. Son trésor, c'est nous, la « Grande Famille ».

LE PROMOTEUR, *avec emphase.*

Seules comptent les affaires de l'État ! *(Un silence.)*

IDA

Puis-je assister à l'entretien avec mon frère ? Ou bien dois-je encore me retirer ?

LE PROMOTEUR, *toujours avec emphase.*

Restez, Madame ! *(Changeant de ton.)* Il est bon qu'on vous rafraîchisse les idées. Vous n'avez aucun sens politique, aucun pressentiment du danger. Je l'ai maintes fois constaté.

IDA, *vexée mais passant outre.*

Peut-être. Mais aussi n'ai-je pas, maintes fois, dissipé vos craintes, devant des dangers inexistants — ou imaginaires ?

> *Elle se lève et s'étire gracieusement, sûre de son charme et de son pouvoir.*

LE PROMOTEUR, *visiblement troublé et assez ridicule.*

Ma panthère ! je vous en supplie : ne me troublez pas en un pareil moment ! L'heure est grave, savez-vous !

IDA, *s'approchant.*

Si grave que cela, mon léopard ?

> *Elle vient rôder autour de lui, provocante, secouant sa chevelure.*

LE PROMOTEUR, *se reprenant et soudain très grave.*

Ne plaisantez pas ! Le Président sera ici d'un moment à l'autre. C'est votre frère, c'est un incapable, je le sais et vous

37

le savez aussi bien que moi. Mais, tout de même, c'est le Président de la Chambre des Représentants et nous devons faire comme si...

Il n'a pas le temps d'achever sa phrase : on frappe à la porte trois petits coups très légers.

LE PROMOTEUR

Ah ! Le voici ! *(À haute voix :)* Entrez !

La grande porte du fond s'ouvre largement, à deux battants, sur la silhouette d'un petit garçon de neuf à dix ans, sobrement vêtu d'un costume noir. Veste de collégien à col blanc rabattu, grosse cravate rose, culotte courte, demi-bas, souliers vernis. Il a l'air plein de son importance. Il porte sous son bras un volumineux registre relié en cuir vert. Derrière lui on aperçoit la nourrice qui le pousse devant elle. Ida est allée rapidement au-devant du petit garçon et l'a embrassé avec tendresse sur les deux joues.

IDA, *gentiment.*

Quoi, déjà levé, mon neveu ? Que viens-tu faire ici ?

LA NOURRICE, *devançant la réponse de l'enfant.*

Son cher papa, le Président, il est souffrant. Le docteur, il lui a prescrit du repos. Le Président, il s'excuse, « mon » Excellence. Il a envoyé son fils vous apporter, à sa place, le Grand Livre... le Grand Livre de la Complication : c'est bien ça que vous vouliez ?

LE PROMOTEUR, *bougonnant.*

La Cons-ti-tu-tion, nourrice, pas la « complication » ! On se moque de moi, non ? Et puis, il n'a pas le droit de se reposer, ce foutu Président !

IDA, *intervenant, sur un ton suppliant.*

Ayez pitié : mon cher frère a une santé fragile, vous le savez. Il a pensé vous plaire, en faisant apporter le livre par son fils. *(Embrassant le garçon :)* N'est-ce pas, mon ange ?

LE PROMOTEUR

C'est ridicule ! Ce n'est pas le rôle d'un enfant !

LE GARÇON, *avec fierté, d'une voix haute et claire.*

Pourquoi, mon oncle ? Je sais lire.

LE PROMOTEUR, *désarmé et riant.*

Après tout, tu as raison, mon neveu. Et puisque c'est ainsi, tu vas nous relire tout de suite les premières pages du livre que tu tiens sous ton bras. Tu sais ce que c'est ?

LE GARÇON, *avec un air de hauteur, comique.*

Parbleu oui, mon oncle ! C'est la Contestation de l'État, telle que vous l'avez proclamée devant la Chambre il y a deux ans !

LE PROMOTEUR, *tapant du pied.*

Deux erreurs : la Constitution et il y a quatre ans puisque nous vivons désormais sans dormir, c'est-à-dire deux fois plus de temps que les autres. Je croyais que tu le savais ?

LE GARÇON, *avec une allégresse naïve.*

Oui, oui je le savais, mon oncle ! Depuis votre... règne, par exemple, moi j'ai neuf ans, c'est-à-dire dix-huit ans.

LE PROMOTEUR, *avec satisfaction.*

Parfait. Allons, viens près de nous !

*Il s'approche de l'un des sièges entourant la table,
en désigne un autre à l'enfant, un troisième à Ida. Ils
s'assoient. L'enfant pose devant lui, sur la table, le
gros livre, qu'il manie avec précaution, comme un
objet sacré. Pendant ce temps, la nourrice est restée
debout, l'air bourru, en ronchonnant. Tout d'un
coup, elle hausse les épaules avec indignation.*

LA NOURRICE

Si c'est pas malheureux de voir ça ! Un gamin ! Faire de la
politique à son âge !

LE GARÇON

C'est pas vrai : j'ai dix-huit ans ! Dans les autres pays, à
cet âge-là on est majeur — et électeur !

IDA, *riant.*

Ne faites pas attention, nourrice ! Et laissez-nous, s'il vous
plaît.

> *La nourrice se retire en maugréant.*

LE PROMOTEUR

Bien ! Maintenant, lis-nous tout haut la première page de
la Constitution. Parle nettement, je te prie ! Qu'on t'entende
bien.

> *Le garçon se met à lire, de sa voix d'enfant, avec
> netteté mais sans aucune intonation. De temps en
> temps il butera sur certains mots ou s'arrêtera pour
> reprendre haleine.*

LE GARÇON, *lisant.*

« Cons-ti-tu-tion de l'État nou-veau. Ar-ti-cle premier.
L'État nouveau est fon-dé sur la dé-cou-ver-te de l'ins-ti-tut

na-tio-nal des Sciences... qui a-bo-lit l'u-sa-ge du sommeil. »

LE PROMOTEUR

Parfait. Continue. Lis avec attention. Sans te dépêcher !
Nous t'écoutons.

LE GARÇON, *continuant à lire recto tono.*

« Ar-ti-cle deux. En ver-tu de la présente cons-ti-tu-tion,
tout ci-to-yen, de sexe mas-cu-lin ou fé-mi-nin, doit être pré-
sen-té dès l'âge d'un an au la-bo-ra-toi-re de l'état civil, pour
bénéficier gra-tui-te-ment de la piqûre in-tra-vei-neu-se qui
le dé-li-vre-ra pour toujours des in-con-vé-nients du sommeil. »

LE PROMOTEUR, *l'interrompant et prenant le livre.*

Bon ! Rien à changer ! Va un peu plus loin !   Tiens, là,
lis-nous à partir de l'article six.

> *Pendant ce jeu de scène, Ida a pris un ouvrage de*
> *dame dans une boîte et a commencé à tricoter. On a*
> *vu sa tête s'incliner doucement sur sa poitrine et elle a*
> *cessé de tricoter. Tout à coup elle pousse un petit cri,*
> *tout en gardant les yeux à demi fermés.*

IDA, *désignant à quelque distance*
quelque chose qu'on ne voit pas.

Taisez-vous ! Regardez, j'ai vu courir un sanglier... Là..
Sous la table !

LE PROMOTEUR, *se levant soudain*
et allant auprès d'elle
avec empressement et sollicitude.

Comment ? Qu'est-ce que tu dis ? Un sanglier sous la
table. *(Il lui prend la main.)* Mais qu'y a-t-il, ma chérie ?

41

IDA, *comme sortant d'un rêve*
et souriant d'un sourire contraint.

Ce n'est rien, mon ami !... J'ai cru voir... c'est tout !

LE PROMOTEUR

Ma parole, vous dormiez ! Vous rêviez ! *(Mezzo voce :)*
Rassurez-vous ! Je ne le dirai à personne. *(À son neveu :)*
Parle plus fort il n'y a rien de plus... endormant qu'un texte
juridique... *(À Ida :)* Vous allez mieux ? *(Elle fait signe que
oui et reprend son ouvrage.)* Bon. *(Au garçon :)* Continue !

LE GARÇON, *reprenant sa lecture.*

« Sur les vingt-quatre heures de veille sans in-ter-rup-tion,
seront pré-le-vées : deux heures pour les repas, deux heures
de pau-se, à ré-par-tir au gré des en-tre-pri-ses, deux heures
pour la vie a-mou-reu-se. » *(Il s'arrête et regarde son oncle à
la dérobée.)*

LE PROMOTEUR

Eh, pourquoi t'arrêtes-tu ?

LE GARÇON, *avec un peu de gêne.*

C'est quoi, la vie amoureuse ?

IDA

Tu as bien une petite camarade, à l'école ?

LE GARÇON

Oui.

IDA

Elle te plaît beaucoup ?

42

LE GARÇON

Oui.

IDA

Et tu l'embrasses de temps en temps ? Eh bien c'est ça la vie amoureuse.

LE PROMOTEUR

Continue.

LE GARÇON, *reprenant.*

« Deux heures pour la vie a-mou-reu-se... con-ju-ga-le ou non, quatre heures pour les dé-pla-ce-ments, les sports, jeux, spec-ta-cles et ré-créa-tions. En conséquence, la journée de tra-vail nor-ma-le sera de quatorze heures... »

LE PROMOTEUR, *l'interrompant.*

J'ai été trop libéral ! J'aurais dû fixer la journée de travail à seize heures, au minimum.

IDA, *minaudant.*

Oh, cher, il ne faut tout de même pas exagérer.

LE PROMOTEUR

Mais voyons ! Si, dans les temps anciens il n'y avait pas eu de longues journées de travail pour tout le monde, nous n'aurions ni les pyramides, ni les cathédrales !

IDA, *ironique.*

Vous construisez des cathédrales mon cher seigneur ?

LE PROMOTEUR, *irrité.*

Laissons cela, voyez-vous ! *(À son neveu :)* Continue ! Sautons au chapitre des infractions, à l'article dix !

LE NEVEU, *tournant la page en lisant.*

« Article dix. Toute in-frac-tion à la loi, c'est-à-dire tout a-ban-don au sommeil, en dehors des heures au-to-ri-sées, entraînera une con-dam-na-tion pouvant aller de six mois à vingt ans de ré-clu-sion ! »

LE PROMOTEUR, *avec violence.*

Nous y voilà. Ce sont des peines insuffisantes ! Résultat : un relâchement funeste, une rébellion qui couve. Hier soir, les lumières éteintes, demain, on dormira toute la nuit ! Il faut empêcher cela. Et vite ! Il faut aller jusqu'à...

IDA, *lui prenant le bras*
avec une expression de terreur.

Qu'allez-vous dire ? Vous me faites peur !

LE PROMOTEUR

C'est au peuple qu'il faut faire peur ! Pour qu'il obéisse ! Nous allons changer la loi. Pour tout abandon au sommeil, il faut, tout simplement... instituer... *(presque à voix basse, mais avec force, après une courte hésitation :)*... la peine de mort !

Ida pousse un cri d'horreur qu'elle étouffe dans ses deux mains. Suit un court silence angoissé.

LE GARÇON, *indifférent,*
comme s'il n'avait pas entendu, au Promoteur.

Je peux aller jouer maintenant ?

LE PROMOTEUR, *avec un mélange de moquerie*
et d'affection.

Oui, Monsieur le Président de la Chambre !

LE GARÇON

Je peux remporter la Contestation ?

LE PROMOTEUR, *distrait.*

Oui, tu peux jouer avec ! *(Se reprenant :)* Qu'est-ce que tu as dit ? La Constitution, pas la Contestation !... Non, laisse-moi le livre, j'en ai besoin.

Le garçon se lève et fait quelques pas vers la porte. Le Promoteur le rappelle en faisant claquer ses doigts.

LE PROMOTEUR

Attends, dis à ton père qu'il guérisse vite et qu'il vienne me voir. Dans quarante-huit heures au plus tard ! C'est très urgent ! Dis-lui aussi qu'il convoque la Chambre pour la semaine prochaine. Une affaire très importante : révision de la Constitution ! Tu te rappelleras ?

LE GARÇON

Oui, mon oncle. Compris ! Au revoir, mon oncle, au revoir, ma tante.

Il sort en courant.

IDA, *décidée à user de son influence pour le faire changer d'avis.*

Réfléchissez bien, mon grand puma ! S'il y a du remous dans les masses, ne craignez-vous pas d'augmenter le mécontentement, au lieu de l'apaiser ?

LE PROMOTEUR, *durement.*

Je sais ce que j'ai à faire.

IDA, *avec entêtement.*

Bon, bon ! Mon gros chat sauvage !... Mais, franchement, je pense que vous allez commettre une grave erreur.

45

LE PROMOTEUR

Non, je suis sûr que non !

IDA

Moi, je suis sûre que si !

LE PROMOTEUR

Non !

IDA

Si !

LE PROMOTEUR

Non !

IDA, *tapant du pied avec impatience.*

Si ! Vous allez vous attirer la haine de tous et, de plus, fournir de nouveaux prétextes à la rébellion... *(Réfléchissant :)* À moins que...

LE PROMOTEUR, *intrigué.*

À moins que... Quoi ?

IDA

À moins que vous ne compensiez cette mesure de... terreur, par une mesure de clémence : un bienfait pour une menace !

LE PROMOTEUR, *agacé.*

Que voulez-vous dire ?

Je veux dire que votre peuple accepterait peut-être plus facilement cette menace de mort si, d'autre part, vous lui accordiez un avantage important...

LE PROMOTEUR

Ah oui ! La carotte et le bâton ! Une plaisanterie de mauvais goût ! En tout cas bien dépassée !... Mais, ma colombe, à quoi pensiez-vous donc ?

IDA, *cherchant une idée.*

Je ne sais pas... Par exemple, vous pourriez rétablir ce que vous avez supprimé : le repos hebdomadaire ?

LE PROMOTEUR

Le repos hebdomadaire ? Jamais ! C'est une survivance des temps barbares ! Une vieillerie ! Indigne d'un État moderne.

IDA, *ironique.*

Tout comme la peine de mort !

LE PROMOTEUR

Ça n'est pas la même chose. La peine de mort — comprenez-vous ? — n'arrive qu'une seule fois.

IDA, *l'interrompant, cinglante.*

En effet : une seule fois dans la vie !

LE PROMOTEUR, *bougonnant.*

Vous me faites dire des bêtises. Je suis sûr que le repos...

IDA, *l'interrompant à nouveau.*

... est pire que la mort, c'est ça ?

LE PROMOTEUR, *tapant du pied.*

Vous m'embêtez, à la fin !

IDA, *boudant et faisant mine de se retirer.*

C'est bon ! Je n'ai rien dit. Je m'en vais. Je vous laisse seul... avec vous-même.

> *Elle fait quelques pas en direction de la porte du fond.*

LE PROMOTEUR, *décontenancé, la rattrapant.*

Mais non, ma biche ! Ne me laissez pas seul ! En un moment pareil.

IDA, *minaudant ridiculement.*

Alors, il faut que le grand zèbre tienne compte des conseils de sa petite chèvre ! Tenez, jouons aux proverbes : le sommeil c'est la mort, mais le dimanche c'est la fête ! Donnant donnant !

LE PROMOTEUR, *à regret et ronchonnant.*

Nous verrons ! Vous l'aurez peut-être, votre repos hebdomadaire ! Je dis : peut-être ! Enfin bref, je verrai, je verrai...

IDA, *lui sautant au cou.*

Ah, comme il est gentil, mon bison !

LE PROMOTEUR

Mais, vous l'aurez voulu. Quand les rues seront pleines de vacarme, le dimanche, alors nous n'aurons plus une minute de repos ! Les acclamations, les hourras, les fanfares, les pétards !... Tant pis ! Mais, vous avez peut-être raison : les gens sont si frivoles que, pour aller au cabaret ou au bal, ils accepteraient que quelques têtes tombent.

IDA, *affreusement.*

Celles des autres, bien entendu !

LE PROMOTEUR, *avec tendresse.*

Je vais réfléchir à votre suggestion, ma sirène ! Maintenant, vous devriez aller vous coucher. Allez vite. *(Après une courte hésitation et dans un souffle :)* Allez vite dormir !

IDA, *avec un frisson.*

Autrement dit, vous voulez ma mort, cher bourreau ?

LE PROMOTEUR,
avec une « drôlerie » de mauvais goût.

Bah ! Bah ! Seulement un répit de quelques jours ! Ensuite, je ne réponds de rien.

IDA, *lui faisant la grimace.*

Vous êtes *hor-rible*, Excellence de mon cœur.

Elle va pour sortir puis se ravise.

IDA

Pardon, Monseigneur et Maître ! J'ai une autre idée !... Est-ce que je peux... ?

LE PROMOTEUR, *méfiant, les sourcils froncés.*

Quoi, encore ?

IDA

Oh ! rien, une idée, une simple idée... *(Elle hésite, comme craignant la réaction du Promoteur.)*

LE PROMOTEUR, *avec impatience.*

Eh bien ! Allez-y. Qu'attendez-vous ? Même si je ne suis pas d'accord, je vous écoute...

IDA

Avec bienveillance ?

LE PROMOTEUR

Avec bienveillance, je vous le promets.

IDA, *avec effort.*

Alors, voici ! Dans un cas aussi... préoccupant, je crois, enfin j'imagine... qu'il serait bon... de consulter l'homme qui vous a permis de transformer notre société d'une façon aussi extraordinaire !

LE PROMOTEUR

Quoi ? Le professeur Buisson ? L'inventeur du Sérum de l'Insomnie ? *(Avec brusquerie :)* Il est bien où il est.

IDA, *avec une ironie amère.*

Oui, dans sa propre clinique, aux mains de ses propres infirmiers !

LE PROMOTEUR, *chantonnant*
avec un affreux mauvais goût.

On n'est jamais si bien, qu'au sein de sa famille !

IDA, *cinglante, jouant l'admiration.*

C'est fou, ce que vous avez d'esprit !... Mais soyez sérieux ! C'est lui qui connaît le mieux la question !

LE PROMOTEUR

Quelle question ?

IDA

La grande question, la question du sommeil.

LE PROMOTEUR, *avec le geste de faire « table rase ».*

La question du sommeil est résolue !

IDA

Grâce à lui !

LE PROMOTEUR

Non ! Grâce à l'usage que j'ai fait de sa découverte !

IDA, *agacée.*

Bon, bon, je sais. Mais il reste qu'ayant fait cette découverte, il est le premier à en connaître les effets, non ?

LE PROMOTEUR, *gêné.*

Nous nous sommes expliqués là-dessus, lui et moi.

IDA

Drôle d'explication ! Pour n'avoir plus à entendre ses reproches, ses mises en garde, ses supplications et même ses menaces ou ses prophéties... vous l'avez envoyé en prison.

LE PROMOTEUR, *rectifiant.*

Pardon, pas en prison, dans sa clinique, vous dis-je, dans sa propre clinique.

IDA

Où il dépérit, en proie, dit-on, à une dépression épouvantable.

51

LE PROMOTEUR, *haussant les épaules.*

Je n'y peux rien... Il est soigné...

IDA, *avec un sursaut d'horreur.*

Des « soins » qui me donnent froid dans le dos, rien que d'y penser !

LE PROMOTEUR

Tu as tort. Dans les cas graves on soigne par l'antidote de l'insomnie...

IDA

Quel antidote ?

LE PROMOTEUR

Le sommeil, parbleu ! Pas de traitement plus doux.

Tout à coup, la pièce, qui était très éclairée, s'éteint complètement.

LE PROMOTEUR, *furieux, dans l'obscurité.*

Quoi, encore cette maudite panne !... Ah, les traîtres ! Quand je les tiendrai ! Attention ! ma gazelle, ne tombez pas !

Silence.

LE PROMOTEUR, *avec une angoisse
qui ne correspond pas à la banalité de l'incident.*

Où êtes-vous, ma chérie ? Attention, il y a tellement de meubles dans ce maudit bureau.

On entend qu'il va et vient à tâtons. Il se heurte violemment à des meubles qui tombent avec fracas. Après un court moment de ce jeu de scène, on entend

la voix d'Ida très changée, qui parle lentement : elle
rêve tout haut.

LA VOIX D'IDA

Dans ce fleuve de sang, rien que des algues ! *(Elle répète :)*
Rien que des algues avec des yeux. *(Crescendo :)* Avec des
mains... avec des ongles... aigus... *(Elle pousse un cri*
strident :) Des couteaux ! On m'étrangle !

À ce moment, la lumière revient, d'abord faible-
ment, puis complètement. On voit Ida rampant par
terre, en proie à un cauchemar. Plus loin, le Promo-
teur est debout, ses vêtements en désordre, au milieu
des meubles épars, tenant à la main une lampe brisée.
Il lâche la lampe, se précipite vers Ida, la prend dans
ses bras et la remet debout, tout en lui tapotant
doucement le visage avec la main.

LE PROMOTEUR

Là ! Là ! Ma beauté ! Encore un mauvais rêve... Ce n'est
rien, rien du tout, réveille-toi !

IDA, *passant ses mains sur son visage*
et ouvrant lentement les yeux.

Ah, vous voilà !... J'étais... Je plongeais... dans un énorme
marécage... Sans rives... Mais plein de présences cruelles...
Ah vous m'avez ! *(Secouant la tête et se réveillant tout à*
fait :) Mais nous parlions tout à l'heure, non ? Que disions-
nous ?

LE PROMOTEUR, *la tenant toujours dans ses bras,*
avec, dans sa voix bourrue,
une sorte de résignation forcée.

Nous disions *(il soupire)* ou plutôt j'allais t'avouer... que,
tout récemment, j'ai devancé tes conseils...

IDA, *avec une sorte de joie triste.*

Quoi, le professeur ? Tu l'as convoqué ? Tu l'as reçu ?

LE PROMOTEUR, *secouant la tête.*

Impossible ! Il est trop affaibli ! Mais je suis allé à la clinique ! Une belle clinique, d'ailleurs, toute blanche, bien lumineuse !

IDA

Tu as pu quand même le consulter ?

LE PROMOTEUR

C'est beaucoup dire.

IDA

Alors ?

LE PROMOTEUR

Des infirmiers l'ont poussé jusqu'à moi. Il était couché, sur un chariot.

IDA

Il t'a donné, du moins, un avis ?

LE PROMOTEUR, *haussant les épaules.*

Il n'en aurait pas eu la force. D'ailleurs, je ne suis même pas sûr qu'il m'ait reconnu... Il était étendu, très pâle, le visage encadré de ses longs cheveux blancs, la barbe hirsute, les yeux mi-clos...

IDA

Mais il t'a dit tout de même quelque chose ?

LE PROMOTEUR

Il fallait lui parler le moins possible. Je lui ai seulement demandé : qu'est-ce qui se passe, dans la Cité ?

IDA

Et il a répondu ?

LE PROMOTEUR

Seulement ces quatre mots : « Les monstres vont venir ! » Une sorte d'oracle... étrange !

IDA, *avec angoisse.*

Oui, à double sens ! Qu'est-ce que ça veut dire ?

LE PROMOTEUR, *d'un air sombre*
mais farouchement décidé.

L'oracle est limpide ! Du moins pour moi ! Ça veut dire qu'il y a un danger de révolte ! Le chef de l'État doit redoubler de vigilance, aller au-devant de la rébellion, au plus vite, arrêter les coupables ! Rétablir l'ordre, coûte que coûte !

IDA

Et si la sentence du professeur voulait dire autre chose... tout autre chose... ?

LE PROMOTEUR, *furieux.*

Je ne crois pas au mystère !

Rideau

TROISIÈME TABLEAU

Avant que le rideau se relève on entend, comme précédemment, mais encore plus intenses et plus nourris, toutes sortes de bruits évoquant l'activité d'une grande ville : roulements d'autos, de motos, de camions, sifflets des agents de la circulation, grincements de freins, piétinements des passants pressés, appels des commerçants dans les foires et les marchés, bruits d'une fête foraine, tirs à la carabine, trompettes de pacotille, accordéons, chanteurs des rues s'accompagnant de guitares ou de limonaires désuets, troupes de jazz, cris et rires des promeneurs, d'enfants, etc.

Puis ces bruits divers s'estompent et s'arrêtent pour laisser, au premier plan sonore, résonner les pas rythmés d'une troupe en marche qui se rapproche, en même temps qu'une musique militaire jouée en sourdine par une formation restreinte : deux trompettes, un tambour, des cymbales. Le rideau se lève lentement pendant que la musique diminue puis s'arrête et que l'on entend le chef de l'escouade crier : Attention ! stop ! et la troupe s'arrêter.

Lorsque le rideau a fini de se lever, on se trouve devant une place semi-circulaire d'où partent obliquement, à droite, à gauche et au fond, plusieurs rues dont on ne voit que le début, quelques arbres chétifs récemment plantés et à gauche au premier plan la terrasse d'un grand café avec des tables et des chaises vides.

On s'aperçoit alors que la prétendue troupe, qui est seule en scène au milieu de la place déserte et qui est en train de marquer le pas, est composée de quelques personnages de taille différente (au minimum quatre ou six, au maximum huit ou dix), tous habillés en civil, mais de vêtements très simples et très disparates, sauf le chapeau qui est identique et la canne ferrée qu'ils tiennent à la main. C'est le C.S.G., le Corps de Surveillance générale. Quelques-uns des policiers qui tenaient encore les instruments de musique sur lesquels ils viennent de jouer, les posent par terre négligemment. On reconnaît le personnage du tableau précédent. Il pousse devant lui un petit chariot de cantonnier avec un balai et une pelle.

LE CHEF DU C.S.G., *à mi-voix,*
après avoir mis comiquement
un doigt sur ses lèvres.

Chut !... Section, halte !... Chut !... Maintenant, dispersez-vous... Là... Là... Et là... Chut ! Silence...

> *Il désigne les rues partant de la place. Les policiers en civil, d'un pas nonchalant, s'éloignent dans les directions indiquées et disparaissent. Le chef ramasse les instruments de musique, les pose dans son petit chariot et disparaît à son tour.*
> *Arrivent alors, par la gauche, quatre promeneurs : deux hommes, une femme et une petite fille qui parlent entre eux et montrent des signes d'inquiétude, en regardant souvent autour d'eux.*

PREMIER PROMENEUR, *désignant la terrasse du café.*

On s'assoit ? On prend un verre ?

LA PROMENEUSE

Verre ou pas verre, pourquoi pas ? On est bien, ici.

> *Ils s'assoient, autour d'une des tables de café.*

57

DEUXIÈME PROMENEUR

Oui, il n'y a personne. Vous savez pour quelle raison ?

LA PROMENEUSE

Ma foi non.

DEUXIÈME PROMENEUR, *se penchant vers les autres et parlant sur un ton de confidence, après avoir regardé autour de lui.*

C'est que la cérémonie de tout à l'heure, avec foule, drapeaux, orphéons, etc., se passera un peu plus loin, là-bas, sur la place principale. Celle où nous sommes est bloquée par la police pour parer à toute éventualité.

LA PROMENEUSE

Alors, c'est dangereux de rester ici ?

DEUXIÈME PROMENEUR

Pas encore... Dès que je verrai des gens suspects, je vous ferai signe et nous partirons.

LA PETITE FILLE, *à la promeneuse.*

Dis, maman, qu'est-ce qui va se passer ?

LA PROMENEUSE

Une fête, ma chérie, une fête !

LA PETITE FILLE, *battant des mains.*

Chouette, alors !

LA PROMENEUSE, *avec une tendre ironie, pleine de sous-entendus.*

Mais oui, ma chérie, ça sera très amusant.

Elle regarde ses compagnons. Tous se taisent, l'air préoccupé.

PREMIER PROMENEUR, *faisant claquer ses doigts.*

Garçon !

Personne ne se montre, mais tous les quatre font comme si un garçon était venu prendre les commandes.

PREMIER PROMENEUR, *riant, à ses compagnons.*

Alors, mes amis, que prenez-vous ? Pour moi, ce sera un grand, sans rien.

DEUXIÈME PROMENEUR, *même jeu.*

Pour moi, un petit, bien plein. *(À la promeneuse :)* Et vous ?

LA PROMENEUSE, *riant aussi.*

Pour moi, un bien chaud. Pour ma fille, un sucré entier.

Un temps. Ils redeviennent sérieux puis ils rapprochent leurs chaises et se parlent mezza voce.

PREMIER PROMENEUR

Il n'y a encore personne. Rien à craindre pour le moment.

DEUXIÈME PROMENEUR

Alors, Il va se déployer dans toute sa séduction, si l'on peut dire ?

LA PROMENEUSE

Bien sûr ! Il ne parlera que du rétablissement du dimanche ! Il sera acclamé ! Ce sera du délire.

Parbleu ! La brigade spéciale doit être déjà en place un peu partout, pour entraîner les hourras et les vivats.

> *Ils font comme si le garçon leur apportait les consommations.*

LES QUATRE PROMENEURS, *au serveur imaginaire.*

Merci !... Merci !... Merci !... Merci bien !

> *Ils feignent de trinquer avec leurs verres absents.*

LES QUATRE PROMENEURS, *riant.*

À la tienne !... À la vôtre !... À toi, ma petite !... *(Au serveur imaginaire :)* Combien ?... Voici garçon, gardez la monnaie.

> *Ils font semblant de boire, de reposer leurs verres et de payer puis ils se taisent d'un air accablé.*

LA PROMENEUSE, *mezza voce.*

Et l'autre... l'autre nouvelle ?

DEUXIÈME PROMENEUR

Ah oui ! L'article dix modifié ? C'est démentiel ! La peine de mort pour toute personne surprise en train de dormir et de faire des rêves !

LA PROMENEUSE

... ou d'horribles cauchemars. Mais il n'en dira pas un mot. Il est trop lâche !

PREMIER PROMENEUR

Pourtant, il faudra bien que les citoyens soient prévenus de ce qui les attend ! Il lancera un référendum. On fera approuver, *en même temps*, le Dimanche et la peine de mort, la fête et le supplice ! Et le tour sera joué. Une fois de plus, le peuple se sera mis lui-même la corde au cou.

Nouveau silence d'accablement.

PREMIER PROMENEUR, *avec un profond soupir.*

Oui, c'est ainsi. Et nous n'y pouvons rien... du moins pour le moment !

On entend au loin, d'abord en sourdine, une musique très mélodique, presque dansante. La musique se rapproche rapidement, pendant qu'apparaissent Mario et Paola, marchant vite et gracieusement, comme s'ils dansaient. Ils sont jeunes, grands et beaux tous les deux. Ils arrivent jusqu'au milieu de la scène et tout à coup Paola semble sur le point de s'évanouir. La musique passe au second plan.

MARIO, *soutenant la jeune femme dans ses bras, avec une tendre énergie.*

Paola ! Paola ! Je t'en prie !

PAOLA, *sortant de son malaise et passant une main sur son front, en souriant.*

Oh, Mario ! Mon Mario ! J'ai cru m'évanouir. Était-ce de joie, d'être dans tes bras ?

MARIO, *avec amertume.*

Non, raison de ma vie, c'était le sommeil.

PAOLA, *incrédule.*

Le sommeil ? Dans tes bras ?

61

MARIO

Ici, dans cette cité démente, le sommeil est un crime, tu le sais. Il est comme une menace de mort qui se cache un peu partout et nous épie.

PAOLA, *regardant autour d'elle*
avec une sorte d'égarement.

Quelle est cette place ?

MARIO

Peut-être un espace, pour nous envoler. Peut-être un piège. Mais devant nous, tu vois, les murs s'écartent.

PAOLA, *avec insistance.*

Je ne reconnais plus rien. Quelle est cette place ?

À ce moment, les quatre promeneurs se lèvent discrètement et disparaissent vers la droite.

MARIO

C'est le temps suspendu. C'est un instant volé. Vois, les gens s'en vont quand nous arrivons.

Soudain, Paola, s'arrachant aux bras de Mario, pousse un cri strident et regarde autour d'elle avec terreur.

PAOLA

Ah, qu'est-ce que c'est ? Regarde ! J'ai peur !

Elle désigne rapidement et en tremblant un des angles de la place, où il n'y a pourtant rien d'anormal, puis cache sa tête dans ses mains.

MARIO, *la rassurant.*

Ne crains rien mon amour ! Notre solitude nous protège.

PAOLA, *avec angoisse.*

Si, si, je t'assure, j'ai vu...

MARIO

Qu'est-ce que tu as vu ?

PAOLA, *se détachant et faisant*
quelques pas maladroits, comme pour s'enfuir.

Là ! Deux yeux, sans visage, sans corps ! Ils flamboyaient !

MARIO, *la rejoignant*
et la reprenant dans ses bras.

C'était le soleil dans une vitre ! Tu étais éblouie.

PAOLA, *comme hallucinée.*

Ils nous poursuivent. Des yeux ensanglantés ! Pas de visage, mais une immense chevelure.

MARIO, *presque à voix basse*
et pourtant avec force.

Je t'en prie, Paola ! Ne dors pas ! Ne rêve pas ! Cours, avec moi ! Regarde les yeux de celui qui t'aime tant.

La musique reprend. Il l'entraîne à nouveau, ils
font rapidement le tour de la place.

PAOLA

Vite ! Emmène-moi loin d'ici !

MARIO

Je t'emporte loin des monstres qui peuplent nos rêves, nos pauvres rêves du plein jour.

Ils disparaissent comme ils sont venus, à gauche de la place.

À ce moment, surgit, arrivant du fond de la scène, un homme jeune et vif, mais assez corpulent, vêtu d'une veste à carreaux. Il tient à la main une lourde valise de technicien de radio et pousse devant lui une petite guérite transparente en Plexiglas montée sur des roulettes mais dénuée de porte, analogue à une cabine de téléphone public. L'homme est essoufflé et paraît pressé.

À peine arrivé au premier plan et à droite de la scène, il immobilise sa cabine et sort de sa valise un micro branché sur un câble ainsi qu'un casque d'écoute qu'il fixe à ses oreilles. Puis, le micro à la main, il entre dans la cabine.

LE REPORTER DE LA RADIO, *voix amplifiée par le haut-parleur.*

Allô, allô ! Le studio 135 ? Vous m'entendez ? Ici le reporter de service... Vous m'entendez bien ?... Moi aussi... Oui, c'est moi, lui-même... Oui, j'arrive à l'instant... D'où je vous parle ? Mais, de l'endroit où je suis, parbleu, enfin là où je dois me trouver... Oui, c'est la petite place... Non, la cérémonie aura lieu dans la grande... un peu plus loin... Je m'y rendrai plus tard... Allô, allô ?... Ah, vous m'aviez perdu ? C'est dommage, il n'y en a pas deux comme moi ! Bon ! En attendant, amenez-moi le bruitage : « grande ville, numéro B 17 »... ! *(On entend mais d'abord faiblement les mêmes bruitages qu'au moment où le rideau était baissé.)* Qu'est-ce que c'est que ça ? Vous appelez ça une grande ville ? Vous rigolez, non ?... À peine une petite sous-préfecture ! Poussez-moi ça un peu plus fort ! Du nerf, du décibel, bon Dieu ! *(Le bruitage devient soudain presque assourdissant.)* Non, non, alors c'est trop fort ! Vous me cassez les oreilles ! *(Le bruitage devient normal.)* Bon, ça va maintenant... Laissez à ce niveau, sauf quand je parlerai, bien entendu... Attendez un instant ! *(Il s'éclaircit la voix en toussotant.)* Là, je commence mon reportage... Vous pouvez baisser le fond sonore... *(Le bruitage redevient plus faible.)*... Mes chères auditrices, mes chers auditeurs ! Je viens d'arriver tout près de la Grand-Place de notre capitale, la Place du Nouveau Régime, là où va se dérouler la cérémonie. Vous entendez en ce moment les bruits joyeux de votre Cité... où la vie ne s'arrête jamais ! Dans un moment, notre bien-aimé Promoteur prononcera un discours, un discours très attendu, pour vous annoncer les nouvelles décisions du Parlement. Oui, dans un souci humain... humain... magna-nimitaire... pardon, je voulais dire : dans un souci magnanime et humanitaire à la fois, votre chef respecté va vous annoncer lui-même à la tribune une grande, une bonne nouvelle ! Je n'en dis pas plus !... Attendons ! Je laisse le micro, pour le moment, à la Cité elle-même, qui vous parle avec toutes ses voix, celle de ses piétons et de ses cyclistes, de ses jeunes filles et de ses femmes enceintes, de ses enfants et de ses vieillards, de ses civils et de ses militaires, de ses avions et de ses tirs forains... de ses...

La voix du reporter se perd dans le bruitage qui a repris à son niveau normal. Le reporter de la radio, toujours dans sa cabine, semble attendre quelque chose et consulte de temps en temps sa montre-bracelet. On voit passer alors, en divers sens, venant des rues avoisinantes, deux ou trois policiers, en civil, toujours avec leur chapeau sur la tête, appartenant au Corps de Surveillance générale, qui avaient défilé au début du tableau.

PREMIER POLICIER, *courant et, de temps en temps, soufflant dans un sifflet strident.*

Rien à signaler ?

DEUXIÈME POLICIER, *venant à sa rencontre,*
même jeu.

Rien pour le moment.

Ils disparaissent. Un troisième policier sort des
coulisses et s'arrête devant la cabine du reporter.

TROISIÈME POLICIER, *d'un ton rauque.*

Qu'est-ce que vous foutez là, vous ?

LE REPORTER, *indigné.*

Vous le voyez bien : je suis en service, un des reporters de
la Radio d'État, pour commenter la cérémonie à l'antenne.

TROISIÈME POLICIER, *méprisant et goguenard.*

Ah, pardon ! J'avais pris votre cabine pour une vespa-
sienne !

LE REPORTER, *mi-vexé, mi-riant.*

Toujours aimable, notre chère police ! Ne vous gênez pas !
Vous vous croyez tout permis !

TROISIÈME POLICIER

On fait ce qu'on peut... À propos, elles sont à l'épreuve des
balles, les vitres de votre... paravent ?

LE REPORTER

Pourquoi ça ? Vous n'allez pas vous y cacher, j'espère ! Je
suis comme vous : en service commandé. Dès que j'entendrai
le signal, je dois décrire la cérémonie. Il est vrai que je ne la
verrai pas. Mais je ferai comme si. J'ai l'habitude. D'ailleurs
j'ai le plan du déroulement de toute l'affaire.

TROISIÈME POLICIER

Alors, vous savez que tout se passe à côté d'ici, sur la Grand-Place ?

LE REPORTER

Bien sûr que oui.

TROISIÈME POLICIER

... Et que le Promoteur n'apparaîtra pas, en chair et en os, à la tribune ?

LE REPORTER

Parbleu ! C'est ça l'astuce. On expliquera à la foule qu'il est souffrant. Mais, pour que les gens ne soient pas déçus, on présentera, sur un grand écran, placé en plein air, un film, préparé à l'avance, où apparaît le Promoteur, comme s'il était là lui-même !

TROISIÈME POLICIER

Oui, comme s'il s'adressait directement à la foule !

LE REPORTER

Vous vous rendez compte ! Je dois expliquer tout ça aux gens qui sont chez eux, aux aveugles, que sais-je ?

TROISIÈME POLICIER

Je vous fais confiance !... Bon ! Maintenant il faut que je continue ma ronde. Salut ! *(En plaisantant :)* Et sans rancune ? Salut, voix de stentor !

LE REPORTER, *avec moquerie.*

Salut, œil de lynx !

67

Le policier disparaît dans la coulisse. Aussitôt deux autres policiers, comme précédemment, se croisent en courant.

QUATRIÈME POLICIER, *courant et sifflant dans son sifflet.*

Rien à signaler ?

CINQUIÈME POLICIER, *même jeu et le croisant.*

Non, rien !

QUATRIÈME POLICIER

O.K. !

Ils disparaissent tous les deux. Le reporter consulte nerveusement sa montre lorsqu'une sonnerie retentit dans sa cabine. Il décroche le téléphone et écoute.

LE REPORTER, *téléphonant.*

Non, non ! Tout va bien... Quoi ? C'est imminent ? Bon, c'est pas trop tôt, depuis que j'attends ! D'accord, à votre signal téléphonique je commence mon reportage... D'accord !

Le reporter raccroche le téléphone. À ce moment, apparaissent, sortant de la coulisse de gauche, trois personnages : un homme corpulent et de haute taille avec une barbe noire et des moustaches. À ses côtés, pendue à son bras, une femme, le visage voilé, à la démarche ondulante. Derrière eux, un autre personnage portant des lunettes noires. Tous trois sont vêtus très banalement, de vêtements défraîchis. Ils s'assoient sans mot dire à la terrasse du café. Leurs gestes étudiés dénotent le désir de passer inaperçus. On ne doit pas comprendre tout de suite qu'il s'agit du Promoteur, d'Ida et du chef du C.S.G. qui se sont déguisés. Le reporter, toujours dans sa cabine, les a pourtant aperçus. Après les avoir regardés d'un œil inquiet et soupçonneux, il décroche de nouveau le téléphone.

LE REPORTER, *parlant à mi-voix,*
sans quitter de l'œil les nouveaux arrivants.

Allô ! Oui, c'est moi, dites donc, je croyais que la petite place devait rester déserte, en cas d'imprévu. Il vient d'arriver trois personnages bizarres. Qu'est-ce que c'est ?... *(Avec surprise :)* Allons bon ! Incognito ? Alors, c'est un piège ?... Mais il veut se rendre compte de quoi ?... De sa popularité ?... C'est dangereux, non ?... Bon, bon, je n'ai rien dit. Je fais comme s'ils n'étaient pas là... Merci. *(Il raccroche.)*

LE PROMOTEUR, *déguisé, se penchant vers Ida.*

C'est bien la première fois que je me mêle ainsi à la foule.

IDA, *ironique et montrant la place déserte.*

La foule ! Si l'on peut dire !

LE PROMOTEUR

Même s'il n'y a personne ici, on pressent qu'il y a beaucoup de monde... ailleurs. *(Il désigne d'un geste l'horizon.)*

LE CHEF DU C.S.G., *ironique.*

Vous ne perdez rien pour attendre : on va laisser entrer quelques personnes. Vous pourrez les écouter *(avec une sombre ironie :)*, constater l'affection des gens pour leur chef bien-aimé !

Il sort par la gauche.

LE PROMOTEUR, *contenant sa fureur*
et désignant la direction
par où vient de disparaître le policier.

Celui-là, quand les choses seront rentrées dans l'ordre, je le fais pendre !

IDA, *se moquant.*

Vous voulez dire que vous lui ferez donner de l'avancement !

Une sonnerie de téléphone retentit dans la cabine.
Le reporter décroche et écoute.

LE REPORTER

Alors, ça y est ? Dans quelques minutes ? Bon ! D'accord, je me prépare. *(Il raccroche.)*... Cinq... quatre... trois... deux... un... Mes chers auditeurs, je suis heureux d'être au micro avec vous, car c'est un grand jour, je veux dire une grande soirée pour notre peuple et pour tous les habitants de notre capitale. Votre Promoteur, toujours soucieux du bien public, toujours attentif à ce qui vous concerne, toujours désireux d'entourer ses décisions les plus graves, les plus importantes d'une atmosphère de liesse, d'une atmosphère d'allégresse, qui doit les graver, de façon inoubliable, dans la mémoire des citoyens, a voulu que nous soyons rassemblés sur la Grand-Place, pour écouter, dans la confiance et dans la joie, ce qu'il veut nous faire connaître... Cependant... cependant... *(Il reprend haleine.)* Ne nous pressons pas trop, car notre chef admiré ne va pas apparaître tout de suite : il ne va pas tarder, mais, en l'attendant, il vous laisse libres de prendre part à la fête foraine qui occupe les abords de la Place. Allez-y ! Amusez-vous ! Tirez à la carabine, cassez des assiettes et des pipes ! Montez sur les manèges ! Mangez des gaufres ! Que vos enfants tapent sur leur petit tambour, qu'ils sonnent dans leur petit clairon !... Que tous...

Sa voix se perd dans le tumulte de fête foraine déjà décrit plus haut.

Cependant, des serveurs, en veste blanche, sortant des coulisses, ont rapidement placé quelques autres tables et chaises de café aux abords de la place, sur les terrasses. Quelques visiteurs anonymes commencent à arriver et s'assoient par-ci, par-là. Les promeneurs de tout à l'heure reviennent. Le hasard fait qu'ils s'assoient juste à côté du Promoteur et de sa femme.

PREMIER PROMENEUR, *après un temps pendant lequel le bruit de fête foraine passe au second plan. À mi-voix, se penchant vers la promeneuse.*

Vous savez ce que je viens d'apprendre ?

LA PROMENEUSE, *même jeu.*

Non, quoi donc ?

PREMIER PROMENEUR

Il paraît, contrairement à ce qui était annoncé, il paraît que cette brute ne se montrera pas ce soir.

LA PROMENEUSE, *même jeu.*

Bien sûr ! Il a trop peur des attentats !

DEUXIÈME PROMENEUR, *avec une ironie amère.*

Pas de danger, les opposants sont précisément ceux qui ne supportent pas de veiller nuit et jour ! Alors, ils n'ont qu'une envie, c'est de dormir !

PREMIER PROMENEUR

Bonne affaire pour les hôtels clandestins ! Il paraît qu'on paie des prix fous pour aller dormir en cachette deux heures,

71

même une heure ! Une nuit, c'est exorbitant : seuls les riches peuvent se payer ce luxe.

DEUXIÈME PROMENEUR, *avec une rage contenue.*

Je me demande combien de temps durera cet enfer ! La résignation humaine a pourtant des limites !

LA PETITE FILLE, *à sa mère.*

Dis, maman ! Quand c'est qu'on va le tuer, le moteur ?

LA PROMENEUSE, *effrayée.*

Tais-toi ! Tu es folle ! On t'entend de partout.

LE PROMOTEUR, *se penchant*
d'un air doucereux vers la promeneuse.

La vérité sort de la bouche des enfants, n'est-ce pas, madame ?

LA PROMENEUSE, *le dévisageant,*
et soudain soupçonneuse.

Ne faites pas attention, monsieur ! Elle ne sait pas ce qu'elle dit. Ou plutôt si : elle parle d'un jouet qu'on lui a donné... un jouet qui l'amuse beaucoup.

IDA, *intervenant avec perfidie.*

Un jouet ? Comme c'est amusant ! Qu'est-ce qu'il représente, ce jouet ?

> *À ce moment les deux promeneurs, essayant de ne*
> *pas être vus du Promoteur, font des gestes en s'adres-*
> *sant à leur amie, pour lui faire comprendre qu'il y a*
> *danger, qu'il faut se taire.*

Oh, rien ! C'est un bonhomme, un pantin, quoi ! quand on tire sur lui avec un pistolet d'enfant, il s'effondre, et se dégonfle et ça amuse les gosses.

LE PROMOTEUR, *avec une inquiétante douceur.*

Et si je comprends bien, à ce jouet qui se dégonfle, on a donné un nom ?

> *Les deux amis de la promeneuse lui font des signes de dénégation.*

LA PROMENEUSE, *de plus en plus inquiète.*

Pas du tout, monsieur. Mais non, mais non, je ne sais pas.

LE PROMOTEUR, *poli mais glacial.*

Ah ! Excusez-moi, j'avais cru comprendre...

> *Le reporter, toujours téléphonant de sa cabine, semble donner un ordre : aussitôt le bruit de fête revient au premier plan. Toutefois, dominant le bruitage, on entend la voix du reporter, haussant le ton.*

LE REPORTER

Chers auditeurs d'ici et d'ailleurs, chers auditeurs de partout, attention, attention ! La cérémonie va commencer, vous allez entendre parler votre chef respecté. Mais auparavant, je vous invite à écouter l'hymne national, composé récemment par un de nos meilleurs poètes et musiciens.

> *Suit l'hymne national, sur une musique entraînante et rythmée.*

L'HYMNE NATIONAL, *chanté par un soliste
ou par un chœur.*

Enfants de ce pays
Oubliez le sommeil !
Vous avez trop dormi,
C'est l'heure du réveil !

La Terre infatigable
Sans perdre un seul instant
Tourne autour du Soleil :
Il faut en faire autant.

Soyez fiers et contents !
Un chef incomparable
Vers un grand avenir
Vous conduit en chantant.

S'étendre, c'est mourir
Il ne faut pas dormir
Il ne faut pas rêver
Il faut veiller pour vivre
Il faut veiller pour vivre
Il ne faut plus dormir.
Il ne faut plus rêver

*Pendant que l'on chante l'hymne national, divers
mouvements interviennent, de façon à la fois burles-
que et inquiétante. Dès le début du chant, un des
policiers est apparu en sifflant et a fait signe aux
promeneurs de se lever. Les promeneurs se sont levés
avec mauvaise grâce. Seuls le Promoteur et Ida ont
refusé de se lever.*

LE POLICIER, *s'adressant au Promoteur
qu'il n'a pas reconnu.*

Dites donc, vous, on vous chante l'hymne national !
Qu'est-ce que vous attendez pour vous lever ?

LE PROMOTEUR, *avec énergie.*

Non ! Je ne veux pas me lever !

74

Ida, au contraire, se prépare à se lever. Le Promoteur l'arrête en lui prenant le bras avec force.

LE PROMOTEUR, *feignant d'être un révolté.*

Non, ma chérie ! Ce chant est contraire à nos principes ! Reste assise, je te prie !

LE POLICIER, *s'approchant d'un air menaçant, s'adressant au Promoteur.*

Vous allez me donner votre nom, tout de suite ! Présentez-moi vos papiers !

LE PROMOTEUR, *se penchant, lui murmure quelque chose à l'oreille*

LE POLICIER, *s'empressant de prendre un ton respectueux.*

Oh ! Pardon ! Je ne vous avais pas reconnu !

Le policier se retire avec des courbettes obséquieuses et disparaît. Les promeneurs, effrayés, se penchent les uns vers les autres en chuchotant.

LE PROMOTEUR, *à voix basse, à Ida.*

Je crois qu'il vaudrait mieux filer !

IDA, *toujours moqueuse.*

Dommage ! Ça commençait à devenir intéressant !

Ils se font le plus petit possible et, se faufilant à travers les promeneurs assis, disparaissent rapidement dans la coulisse. Le bruit de fond diminue.

LE REPORTER, *élevant la voix.*

Mes chers amis, vous venez d'écouter notre nouvel hymne national : « À bas le sommeil », chanté par une des gloires de notre théâtre lyrique. Maintenant, nous allons avoir la joie exceptionnelle d'entendre notre Promoteur qui va s'adresser à vous grâce à l'écran géant de télévision dressé sur la Grand-Place. Ceux qui ne se trouvent pas aux premières loges pour le voir pourront au moins entendre sa voix. Je vous rappelle que votre chef vénéré, par malheur trop souffrant pour se présenter à vous en chair et en os, a pu être filmé chez lui, de sorte qu'il sera présent devant vous aussi bien que s'il était là lui-même. Je lui cède la parole.

À ce moment, le décor change de couleur. La lueur sinistre d'un couchant violet envahit le ciel. Les bruits de la ville et de la fête foraine, les conversations des consommateurs assis et des promeneurs continuent, mais déformés, dans une tonalité étrange puis s'arrêtent. Alors, on entend au loin la voix du Promoteur diffusée par un haut-parleur mais de telle façon que, si l'on distingue le ton véhément et emphatique de la proclamation, on ne distingue pas une seule parole. Le discours du Promoteur ne dure d'ailleurs que quelques instants. Il est suivi d'un tonnerre d'acclamations et d'applaudissements.

LE REPORTER

Hein ! Vous entendez ! Vous entendez ces hourras, ces applaudissements, ces cris ! Quelle ovation !

Une fanfare de cuivres reprend la musique de l'hymne national, sans les paroles.

LE REPORTER

Mes chers amis, vous entendez ? Voilà de nouveau l'air de notre admirable chant national ! Vous pouvez en fredonner les paroles. Faites comme moi !

En chantant plus ou moins faux, il fredonne les premiers vers de l'hymne : « Enfants de ce pays,

oubliez le sommeil ! Vous avez trop dormi, c'est l'heure
du réveil... »

    Pendant qu'il chantonne ainsi, la musique se
modifie sensiblement : elle se « bémolise » et devient
une sorte de marche funèbre, ponctuée par des
battements de tambours voilés. La lumière devient de
plus en plus bizarre.

LE REPORTER

Tiens ! Mais qu'est-ce que c'est que ça ? Il y a une erreur.
Qu'est-ce qu'ils foutent, les musiciens ? *(Il se précipite à*
l'intérieur de sa cabine et empoigne le téléphone :) Allô !
Allô ! Vous entendez ? Non ? On a dû se tromper, au studio !
Vous avez branché une marche funèbre sur l'hymne national !... Oui, oui, je sais, les deux enregistrements sont dans
deux casiers voisins de la discothèque ! Mais c'est pas une
raison ! Vous allez vous faire coffrer ! Arrêtez ça tout de
suite, vous m'entendez ! *(La musique, après un « dérapage »*
ridicule, s'arrête.) Bon, bon ! Pour le moment, arrêtez tout !
Merci !

    Pendant ce jeu de scène, il s'est produit un incident
parmi les consommateurs assis aux terrasses des
cafés. Les deux promeneurs du début entourent la
jeune femme qui fait partie de leur groupe et qui vient
de s'écrouler. L'un d'eux la soutient et lui tapote
doucement les joues.

PREMIER PROMENEUR, s'adressant à voix basse
à son camarade.

Pas de chance ! Elle vient de s'endormir !

    À ce moment, deux policiers surgissent de la
coulisse, comme par enchantement.

PREMIER POLICIER, à l'autre.

C'est malin, cette musique ! Ça va endormir les gens !
Nous ne saurons plus où donner de la tête !

DEUXIÈME POLICIER

Évidemment, si tout le monde se mettait à roupiller !

Il bâille lui-même bruyamment.

PREMIER POLICIER, *moitié rigolard,*
moitié menaçant.

Ah ! tu ne vas pas t'y mettre, toi aussi ! Fais attention, ou je te dénonce !

DEUXIÈME POLICIER, *se reprenant.*

Ça n'est rien, c'est passé !

PREMIER POLICIER, *regardant du côté du groupe*
des promeneurs et les désignant du doigt.

Tiens, tiens ! Tu n'étais pas le seul ! Regarde !

DEUXIÈME POLICIER, *attentivement.*

Tu as raison !... Bonne aubaine ! Allons-y !

Ils se dirigent avec une bizarre lenteur du côté des promeneurs.

PREMIER PROMENEUR, *voyant venir les policiers*
et parlant à voix basse à son camarade.

Fais attention ! Ils viennent de notre côté !

Ils se rassoient, tout en continuant à essayer de maintenir la jeune femme éveillée.

DEUXIÈME PROMENEUR, *à voix haute.*

Tu cherches quelque chose ? *(À voix basse :)* Réveillez-vous ! *(À voix haute :)* Tu as perdu ta montre ? Un bijou ? Ton porte-monnaie ?

LA PETITE FILLE, *avec effroi.*

Maman ! Maman ! Ne t'endors pas !

Les deux policiers interviennent brusquement.

PREMIER POLICIER, *doucereux,*
désignant la jeune femme.

Dites donc ! Il me semble qu'on va piquer un petit somme, de ce côté-ci, non ? *(Changeant de ton et devenant tout à coup menaçant :)* Vous savez ce que vous risquez, hein ? Ça n'est plus seulement un cas de prison, comme avant ! Maintenant, si on s'endort en public, couic ! *(il fait grossièrement le geste indiquant la strangulation.)*

LA PETITE FILLE

Non ! Non ! Elle ne dort pas, maman, pas du tout ! Elle dort jamais, maman !

La promeneuse qui, en fait, est en train de rêver tout haut, entoure de ses bras l'enfant, en souriant avec tendresse, tout en décrivant son rêve, sans tenir aucun compte des policiers qui restent debout devant elle, éberlués.

LA PROMENEUSE, *rêvant.*

Tu vois bien, je ne te quitte pas, ma chérie ! Tu as grimpé sur le grand cerisier du jardin ! Je te vois là-haut, dans le Soleil, au milieu des branches... Couvertes de fruits et d'oiseaux ! Tu es si radieuse ! Mais tu es montée trop haut ! Fais attention ! Fais très attention de ne pas... tomber !... *(Poussant soudain un cri de terreur :)* Ah ! Quelle horrible figure de rapace ! Là, là... au milieu des feuillages... Fais attention, c'est un vautour ! Descends, ma chérie, descends vite ! Mais...

DEUXIÈME POLICIER, *empoignant la femme*
avec brutalité.

Venez nous expliquer ça !... L'affaire n'est pas claire...
L'affaire n'est pas claire !... L'affaire n'est pas claire !...

> *Le deuxième policier répète cette phrase trois,*
> *quatre, cinq fois et, chaque fois le ton de sa voix se*
> *modifie. Elle ralentit, devient étrange : il entre lui*
> *aussi dans un rêve.*

PREMIER POLICIER, *s'apercevant de ce changement.*

Hé, l'ami ! Qu'est-ce qui t'arrive ?

> *Le deuxième policier regarde son collègue avec*
> *égarement et lui parle d'un ton à la fois rauque et*
> *angoissé. Mais le débit de sa voix est celui d'un*
> *homme qui rêve.*

DEUXIÈME POLICIER, *se mettant à somnoler et à rêver,*
lui aussi.

Dis donc, tu ne vas pas me dénoncer ?... Pourquoi cette
hache ? Pourquoi as-tu mis ton masque d'escrime, tes gros
gants de boxe ? As-tu fini de rire comme ça, imbécile ? Il n'y
a pas de quoi rire ! Regarde-toi : tu es couvert de sang, des
pieds à la tête !

PREMIER POLICIER

Me voilà frais, avec tous ces rêveurs ! *(Secouant violem-*
ment la tête comme pour s'empêcher, lui aussi, de dormir
debout et de rêver :) Brr ! Que faire ? Faut-il emmener tout le
monde au poste ?

> *Pendant que le jour continue à baisser, d'autres*
> *policiers surgissent à droite et à gauche, mais avec un*
> *comportement étrange, comme s'ils étaient, eux aussi,*
> *gagnés par le sommeil et le rêve.*

80

Tiens, voilà du renfort ! Ça tombe bien ! *(Il interpelle de loin les autres policiers nouvellement arrivés :)* Hé, les collègues ! Venez par ici ! Il y a du travail pour vous !

> *Au lieu d'accourir, les autres policiers s'arrêtent, se regardent bizarrement, semblant se concerter.*
> *À ce moment, on entend de nouveau les premières mesures de la musique qui accompagne, chaque fois, la venue de Mario et Paola. Aussitôt après, ils arrivent, toujours comme s'ils vivaient dans un monde à part, un monde heureux où ils sont seuls et où ils avancent avec grâce, comme des danseurs.*
> *À ce moment-là, il semble que la lumière ait encore changé, virant au bleu sombre, au violet électrique, avec quelque chose, à la fois, d'orageux et de lunaire.*
> *Mario tient toujours Paola contre lui, serrant ses épaules dans son bras droit replié. Il va parler d'une voix sombre après avoir regardé autour de lui avec inquiétude.*

MARIO

Tout à l'heure, c'était des rêves qui hantaient ton sommeil. Ceux que voici sont pires que des cauchemars : ce sont des hommes, des sbires au service du tyran !

PAOLA, *plaintivement.*

N'y a-t-il donc plus de place pour nous, sur cette terre ?

MARIO

Il n'y aura bientôt plus de place pour ceux qui aiment, pour ceux qui préfèrent l'amour à la haine ou à la crainte ou à la soumission.

81

PAOLA

Pourtant, quand je vois les figures grimaçantes autour de moi... Il me semble que je suis plongée dans la vérité de ce monde.

MARIO

Et quand tu n'en vois pas ?

PAOLA

Quand je m'approche de la beauté, quand mes rêves sont illuminés de spectacles splendides, alors, hélas, je ne crois plus à la réalité.

MARIO

C'est que tout est sommeil : nous ne faisons que passer d'un songe à l'autre.

PAOLA

Alors, toi, Mario, et moi aussi, nous sommes deux rêveurs qui se rencontrent. Que tes propres rêves protègent les miens ! Donne-moi le repos, donne-moi le silence !

MARIO, *très tendrement.*

Repose-toi, songe de mes songes ! Mais reste vigilante : tout nous menace.

PAOLA

Oh, dis-moi que l'union de nos songes triomphera de tout.

MARIO

Repose-toi : je veille.

Mario conduit Paola vers les chaises de la terrasse du café cependant que les promeneurs qui ont suivi

82

silencieusement la scène semblent médusés, comme
hypnotisés, de même que les policiers qui oscillent
vaguement comme s'ils dormaient debout. La lumière
devient de plus en plus irréelle. Quelques serveurs
vont et viennent, se mouvant au ralenti. Parfois, un
policier donne un coup de sifflet affaibli, prolongé,
comme si le son était enroué. En même temps deux
éclairs livides zèbrent le ciel, suivis d'un lointain
roulement de tonnerre. Le reporter surgit comme un
diable de sa cabine, son micro à la main et vient au-
devant de la scène.

LE REPORTER, *d'une voix bouleversée.*

Chers auditeurs, est-ce que vous m'entendez encore, est-ce
que vous entendez le tonnerre ? Un orage s'approche, un
orage épouvantable. C'est étrange, car rien ne le laissait
prévoir. Et même notre service Météo, toujours si vigilant,
avait annoncé un temps superbe pour toute la journée.
Résignons-nous ! Que ceux qui ne portent pas de paraton-
nerre... *(se reprenant)* je veux dire de parapluie, cherchent
un abri ! Que les autres se dispersent et rentrent chez eux !
De toute façon, vous avez assisté à l'essentiel ! À la projection
d'un film où apparaissait le chef de l'État ! Je vous sou-
haite...

Il est interrompu par la sonnerie du téléphone de la
cabine. Il rentre précipitamment et décroche, tout en
tenant le micro à la main.

Allô ? J'écoute... j'écoute ! Ah ! Qu'est-ce qu'il y a ?...
J'entends mal, il y a de la friture dans le câble... Comment ?
Quoi ? Je ne comprends pas... C'est incroyable ! Oui, incompréhensible... C'est le mot... Que je prévienne les gens ? Mais
quoi faire, contre une chose pareille ? Oui, les prévenir
seulement... Bon ! Prêt ! Je vous écoute...

Il maintient d'une main l'écouteur contre son
oreille, de l'autre il tient le micro près de sa bouche. Il
parle d'une voix angoissée.

Chers auditeurs, présents ou absents, on me prie de vous transmettre un message de la plus extrême urgence... Oui, il ne faut pas vous effrayer, mais vous devez être prévenus... On signale, à la porte de la ville, des présences inquiétantes... Oui, une foule de gens, mais des gens comme on n'en a jamais vus ! Des gens bizarres ! *(S'adressant au téléphone :)* Décrivez-les un peu ! Oui, j'écoute ! *(S'adressant au micro :)* Oui, ça se passe dans la pénombre, dans une sorte de brouillard ! Des gens de toutes sortes... Très grands et très petits. *(Avec une angoisse croissante :)* Ou bien énormes, immenses, avec des visages horribles... Les uns ont des dents longues comme des cornes, les autres des oreilles démesurées, dressées comme des ours ou des éléphants ! Comme des serpents qui auraient des bras et des mains ! D'autres ont une trogne hilare, avec un énorme nez, une sorte de trompe... Ils se dandinent en se rapprochant. *(S'adressant au téléphone :)* Est-ce qu'ils sont nombreux ? *(Au micro :)* Oui, très nombreux, ils avancent en rangs compacts, en se dandinant, en boitant... Ils ont déjà envahi une partie de la banlieue sud... ils vont lentement, mais rien ne leur résiste, rien n'entrave leur marche en avant... Ce qui est plus épouvantable encore, c'est qu'ils n'émettent aucun son, aucun cri... Ils marchent, ils courent à pas feutrés... Tout se passe en silence, dans le silence le plus total !... Beaucoup d'entre eux, pourtant, portent des armes ridicules. De vieux fusils, des tromblons, des sabres immenses, des baïonnettes, mais aucun cliquetis de métal ne se fait entendre. *(S'adressant au téléphone :)* Eh, dites donc ? Vous me flanquez la trouille !... Quoi ? Je dis : vous me communiquez votre propre terreur... Je m'arrête, sinon, nous allons semer la panique dans la foule...

Il s'arrête, essoufflé, au comble de la terreur.
    Pendant ce temps, les éclairs se sont succédé au loin, ainsi que les coups de tonnerre. Les gens attablés à la terrasse du café se sont levés, épouvantés. La scène commence à s'obscurcir.

PREMIER PROMENEUR, *désignant,*
au bout d'une des rues qui aboutissent à la place,
quelque chose qu'on distingue mal.

Là ! Là !... Vous voyez ?

DEUXIÈME PROMENEUR

Quoi ? Je ne vois rien !

PREMIER PROMENEUR

Si, si, sur la gauche ! Cela se meut lentement... Cela se rapproche...

LA PROMENEUSE

Qu'est-ce que c'est ?

L'ENFANT

Maman, j'ai peur ! *(Elle cache son visage dans la robe de sa mère.)*

PREMIER PROMENEUR, *avec de l'angoisse dans la voix.*

On dirait... d'immenses bêtes... non, je ne sais pas... plutôt des meubles... Oui... des tables... non, des petites tours qui se meuvent... c'est absurde... non, ce sont plutôt des pattes épaisses, velues... il y a des yeux... oui, ce sont des bêtes, des bêtes lourdes, molles,... mais, ces yeux, ces yeux étincelants !

DEUXIÈME PROMENEUR

Oui je vois, maintenant ! Leurs yeux brillent... férocement... ils ont l'air de nous connaître, de tout savoir... pourtant ! Je ne crois à rien, ni dieux ni diables, pourtant ils ont l'air de venir... d'un autre monde...

85

PREMIER PROMENEUR

Il n'y a pas d'autre monde que celui-ci, voyons ! Frotte-toi les yeux ! Ça n'a pas de sens, c'est grotesque !... Pourtant, il faut avouer que...

LA PROMENEUSE, *poussant un cri de terreur strident et se débattant contre quelque chose d'invisible qui semble l'assaillir et la cerner.*

Au secours ! Il y en a un qui m'a frôlée !... Une main glacée... Un souffle, un souffle puant et froid... Oh !

PREMIER PROMENEUR, *la prenant dans ses bras.*

Tu n'as rien vu, il n'y a rien ! C'est le vent du soir... Rassure-toi, ils sont encore loin !

DEUXIÈME PROMENEUR

Je n'ai jamais vu des êtres pareils ! Et pourtant, j'ai l'impression de les reconnaître... C'est peut-être eux, c'est peut-être cela, ce pressentiment, qui me faisait si peur quand j'étais enfant, au moment de m'endormir !...

PREMIER PROMENEUR

S'ils existent, s'ils sont réels,... ils vont peut-être... envahir la Cité... d'un moment à l'autre... Des monstres, des larves, des habitants des ténèbres... On va les voir sortir des caves, comme des rats... Fuyons d'ici, avant qu'ils n'arrivent !

PAOLA, *assise.*

Mario, mon amour, je meurs, je n'en peux plus ! J'ai trop sommeil !

MARIO, *assis à côté d'elle, la secouant avec énergie.*

Tais-toi ! Non, Paola, il ne faut pas t'endormir !

Mais pourquoi, pourquoi ?

MARIO

On te l'a dit : la loi nouvelle est implacable. Quiconque est surpris en train de dormir et de rêver sera condamné à mort !

PAOLA

Tant pis pour moi ! Je veux dormir, je veux mourir !

MARIO

Au nom de notre amour, je t'en supplie, une dernière fois, ne t'endors pas ! D'ailleurs, regarde : on vient pour nous arrêter.

Il lui montre du doigt les policiers qui viennent de surgir et qui la regardent avec des yeux flamboyants, comme prêts à intervenir.

PAOLA

Je ne vois plus rien !... Si, je vois une foule, une foule qui bouge, une foule qui change ! Une foule de nuages, des montagnes de brouillard ! Des cascades de feu qui ont des bras ! Des volcans qui grondent ! L'océan s'approche ! *(Elle crie :)* Au secours !... Les chats-huants frôlent mes cheveux, par millions ! Ils ont des têtes d'enfants, d'enfants morts, leur corps est une longue chenille... J'en vois qui marchent sur leur ventre, avec de petits pieds comme des roues. J'en vois qui sont comme des armoires, leurs ailes sont des portes qui claquent ! D'autres... ont une trompe au milieu du visage, d'autres, des corps de loups et des plumes de rapaces... Partout, partout ces yeux, ces yeux fixes qui flambent, ces yeux qui rient ! Ils rient, ils rient, ils vont nous emporter... pour nous dévorer !... Les voilà !... Les voilà !

Les policiers, de tous côtés, sans dire un mot, les yeux fixes et brillants font un ou deux pas, très lentement, pour se rapprocher, mais il semble qu'une force invincible les retienne eux-mêmes.

PREMIER PROMENEUR, *à ses amis.*

Serrez-vous contre moi ! Leur grouillement sort de toutes les rues ! Mais je vous défendrai !

DEUXIÈME PROMENEUR

Non, je ne céderai pas à la peur ! Si ma raison vacille, c'est que j'ai la fièvre ! J'ai la fièvre !

LE REPORTER, *son micro à la main.*

Qu'est-ce que je peux faire pour vous, avec mon micro ! Les paroles ne sont pas des armes ! Même pas les cris ! Ce que je vois dépasse toute imagination ! Je n'ai pas de mots, je n'ai plus de mots pour décrire... ce déferlement... ce tohu-bohu infernal !...

PAOLA, *s'accrochant au cou de Mario.*

Mario ! Mario ! Défends-moi ! Ils m'ont déjà à moitié brisée ! Je ne sens plus mon corps ! Défends-moi !

MARIO, *la secouant et criant.*

Au nom de notre amour, ne rêve pas ! Regarde autour de nous ! Si nous nous laissons aller, nous sommes perdus. Oui, les cauchemars envahissent la ville... Mais il y a un péril encore plus grand ! Vois ! Vois ! Il y a cette cohorte de mercenaires qui va nous cerner, nous enchaîner... nous traîner en prison ! Le danger est de tous les côtés ! Où est le vrai, où est le songe ? Tout se confond... Mais, *il ne faut pas céder.*

PAOLA, *toujours criant.*

Oui, la menace... est partout... dedans, dehors... En nous, hors de nous !

MARIO, *criant aussi.*

Tous les cauchemars du monde et la police du tyran ont fait alliance ! Ils vont prendre le pouvoir ! Mais nous ne céderons pas !

PAOLA

Que peux-tu faire ?

MARIO

Il ne faut pas avoir peur ! Ni des uns ni des autres ! *(Il se lève.)*

PAOLA

Que veux-tu ?

MARIO

Je vais parler, je veux parler ! Il faut crier.

> *Il est interrompu par le reporter. Des rafales de vent se font entendre accompagnées de lumières tourbillonnantes, colorées en vert et en violet, cependant qu'on entend au loin le murmure d'une foule menaçante. Mario met ses bras devant ses yeux pour se protéger.*

LE REPORTER, *le micro à la main.*

Auditeurs ! Chers auditeurs ! Il se passe quelque chose d'incompréhensible ! Ce qui vient de m'être signalé par les avant-postes se propage dans toute la Cité... Des êtres inconnus se sont répandus à travers les rues... Ils sont difformes et terrifiants, ils avancent comme un ouragan, ils saccagent tout sur leur passage, cassant les vitrines des magasins, piétinant les gens qui tombent... L'armée et la police ont été mobilisées contre eux ! Ils ont bien du mal à les contenir ! Ils sont cent fois plus forts que nous ! Ils sont en même temps irrésistibles et transparents : on croit les atteindre et la main ou le fusil ne rencontre que du brouillard, des traînées de ténèbres... Ils changent de visage et de forme avec une vitesse incroyable. Impossible de les cerner ! Ils sont partout et nulle part, légers et pesants comme de la neige, du sable, de la suie, comme de l'eau, comme une inondation... Arrêtez-les ! Arrêtez-les ! Au secours ! Au secours ! À moi ! Au secours !

> *Lui-même fait mine de lutter contre les êtres étranges qu'il décrit. Il met ses bras en avant, devant sa tête et recule, terrorisé.*
> *Dans la demi-obscurité qui s'accroît au milieu des éclairs tourbillonnants, on voit apparaître, à gauche, sur le proscenium, le Promoteur toujours déguisé, il traîne avec lui Ida. Elle avance lentement en se débattant et en criant.*

IDA

Où cours-tu ? Où vas-tu ?

LE PROMOTEUR

Dans notre abri personnel.

IDA

Alors, tu as peur, toi aussi ?

LE PROMOTEUR

Je n'ai pas peur. Je sens le danger, je ne le comprends pas.

IDA

Il est pourtant clair ! Le savant te l'a dit !

LE PROMOTEUR

Quoi, ce vieux fou ! Un moribond !

IDA

Souviens-toi ! Il t'a dit : les monstres arrivent !

LE PROMOTEUR

Quels monstres ? Ça n'a pas de sens.

IDA

Si ! Les monstres qui sont en nous : les cauchemars.

LE PROMOTEUR

Les cauchemars n'existent pas !

IDA

Ils existent dans nos rêves ! Le sommeil est leur domaine, leur tanière. Là, ils sont inoffensifs.

LE PROMOTEUR, *avec entêtement.*

Le sommeil est un crime !

IDA, *criant de toutes ses forces.*

Ton crime, à toi, est d'avoir refoulé nos monstres... en supprimant le sommeil. Tu as décuplé leurs forces, alors les cauchemars se vengent ! Ils deviennent furieux ! Ils envahissent la ville !

LE PROMOTEUR, *bas, avec effroi.*

C'est absurde ! Tais-toi ! Les gens vont t'entendre.

IDA, *toujours criant.*

Tant mieux ! Tu l'auras voulu. Je crierai, je crierai jusqu'à ce que tout le monde m'écoute. *(Hurlant :)* Malheur à ceux qu'on empêche de dormir ! Malheur à ceux qu'on empêche de vivre ! Malheur ! Malheur !

Elle s'écroule par terre en se tordant et en hurlant.

LE PROMOTEUR, *au comble de la colère.*

Cesse de divaguer ! Cesse de crier ! Viens !

Il traîne Ida en la tirant par les bras avec brutalité tandis qu'elle rampe sur les genoux, échevelée, pleurant et criant.

IDA

Malheur ! Malheur ! Malheur !...

Ils disparaissent par la coulisse de droite. Aussitôt après leur départ, l'attention se reporte sur la place encombrée de monde. On voit Mario en train de grimper sur une chaise de café.

PAOLA

Que fais-tu ? Tu es fou !

MARIO

La parole est l'arme la plus forte. Il ne faut pas se taire ! Il faut braver la menace, toutes les menaces !

Les promeneurs se lèvent tous ensemble. Les policiers, qui avaient fait mine de s'avancer vers eux, s'arrêtent.

MARIO, *dominant la foule et parlant à tue-tête.*

Veilleurs et dormeurs, que vous veniez de ce monde-ci ou que vous sortiez des ténèbres, que vous soyez des êtres vivants ou les visions de notre épouvante, que vous soyez des bourreaux ou des victimes, craignez nos triomphes à venir !

L'amour vaincra, même dans les souterrains les plus horribles, même où il n'y a plus d'espoir ou de souvenir ! Un jour, les prisons en ruine s'écrouleront dans la mer, navires naufragés ! Arrière ! Cauchemars de la Terre et cauchemars du songe.

Pendant la harangue de Mario, des soldats ont surgi de plusieurs côtés. Tenant devant eux, de façon menaçante, leurs fusils, baïonnette au canon, ils s'avancent lentement vers le groupe où se trouvent les promeneurs, Mario et Paola. Ils se joignent aux policiers et tous avancent de concert, à pas comptés.

Mario est redescendu de la chaise où il s'était perché, il se remet en mesure de défendre Paola, écroulée sur sa chaise. Il la soulève, tout en criant à l'adresse des soldats et des policiers.

MARIO

N'approchez pas ! Elle ne dort pas ! N'est-ce pas, ma bien-aimée ?

PAOLA, *dans une sorte de ravissement extatique.*

Non... Je ne dors pas... Je t'entends, je t'entendrai toujours... au-delà de la mort.

Paola et Mario se lèvent ensemble avec un tel élan qu'ils rompent le cercle des soldats et s'avancent sur la place en improvisant une sorte de promenade dansante, infiniment gracieuse, accompagnée par leur leitmotiv musical.

Les soldats et les policiers, comme saisis de stupeur, se sont arrêtés et assistent, médusés et immobiles, à la danse de Mario et de Paola qui passent en tournant sur la place, avec une aisance souveraine.

À ce moment le reporter de la radio retourne dans sa cabine, reprenant son micro et son téléphone, comme précédemment.

LE REPORTER, *avec volubilité et un accent de joie.*

Mes amis ! Mes amis ! Voici du nouveau !... On me prévient qu'il se produit un événement imprévu, extraordinaire !... Les monstres, vous savez, ces monstres épouvantables qui envahissaient la Cité, ont cessé brusquement leur avance... C'est incompréhensible ! Comme si leur marche avait été étroitement liée à l'action de la police et de l'armée. En effet, partout, les soldats ont stoppé leur mouvement, alors qu'ils s'apprêtaient à arrêter les délinquants, je veux dire les gens qui s'effondraient en pleine rue, terrassés par le sommeil. Ici même, sous mes yeux, il se passe quelque chose de stupéfiant : les soldats, les policiers sont pris de torpeur ! Ils vacillent sur leurs jambes !... Tenez, tenez, en voici un qui vient de tomber en fermant les yeux, comme mort... Puis un autre... puis encore un autre ! Ils entrechoquent leurs fusils en tombant... Pendant ce temps, un couple de jeunes gens s'est élancé sur la place et exécute une sorte de danse impressionnante... Ils ont l'air ravis ! Ils ont l'air, à eux seuls, de défier le monde... On dirait... on dirait que c'est leur danse elle-même qui a envoûté, ensorcelé les policiers, les soldats, les promeneurs, la ville entière...

> *Pendant qu'il parle, la musique a baissé d'un ton comme un disque qui déraille et ralentit. En même temps, l'obscurité devient plus épaisse.*

LE REPORTER, *continuant à parler*
le micro à la main.

Voici que les monstres, non seulement ont arrêté leur avance à travers la ville, mais ils reculent maintenant en désordre. Ils se bousculent, montant les uns sur les autres, comme une harde de bêtes sauvages qui ont peur et prennent la fuite... Là-bas, j'aperçois les dos, les têtes cornues, les épaules tombantes de ces énormes silhouettes obscures ! J'entends un piétinement, des grognements sauvages, des cris étouffés !... Si ces êtres-là n'étaient pas si terrifiants, croyez-moi, leur débandade serait comique !

Pendant ce temps, ici, autour de moi, tous les gens qui étaient encore debout tout à l'heure se sont écroulés par terre les uns après les autres... Le sol est jonché de corps étendus, pêle-mêle, dans des postures ridicules... Morts ? Sûrement pas ! Ils ont des visages alanguis, reposés, presque ravis ! C'est le sommeil ! C'est le sommeil qui s'est emparé d'eux, après tant de veilles, après tant d'insomnies, après tant de contraintes, après tant de douleurs !

> *Pendant toute la tirade du reporter, les choses se sont passées comme il le dit. Dans l'obscurité crois-sante, on a vu les dormeurs s'écrouler. Plus personne n'est debout, sauf le reporter et aussi Mario et Paola qui continuent leur promenade enchantée.*
>
> *Les douze coups de minuit sonnent à un clocher voisin, puis à un autre, puis partout dans la Cité. Quand leur carillon a cessé, la musique qui accompa-gnait la danse des deux amants s'arrête aussi.*

LE REPORTER, *il a lui-même la voix pâteuse,*
ensommeillée.

Mes chers... auditeurs... je ne sais pas... ce qui m'arrive, à moi aussi ! j'ai... du mal... à vous parler... j'ai tellement... tellement... sommeil... sommeil... sommeil...

> *La nuit est tombée tout à fait. On distingue à peine la place couverte de corps étendus. Paola s'étend à son tour et s'endort. Seul Mario reste un moment encore debout pendant qu'il parle. Sa voix, encore claire mais très douce, s'élève seule, dans l'obscurité, dominant le silence.*

LA VOIX DE MARIO

Notre Terre, qui dort elle aussi, notre Terre qui dort et qui tourne dans l'espace... et qui fait alterner... la nuit et la lumière... le sommeil et la veille... a repris son rythme sauveur. Les travaux et les jours, dans la Cité endolorie, se sont arrêtés... pour reprendre des forces... et attendre l'aurore. Paola, mon amour, tu t'es endormie... enfin sans crainte... auprès de moi... Ton sommeil n'est plus interdit ! Ce n'est un crime ni d'aimer, ni de dormir, après l'amour... Et les monstres qui habitent nos rêves, les cauchemars qui s'étaient échappés, regagnent leur tanière... dans la nuit de nos paupières fermées... Échappés de l'enfer, ils ne reviennent plus... hanter notre veille lucide... ils ne reviendront plus... profaner nos esprits fragiles... Dors, Paola !... Je m'endors... avec toi... avec toi... gagné par le sommeil... qui récompense... notre vie...

Le rideau tombe et se relève presque aussitôt.

ÉPILOGUE

Le rideau se relève sur la même place, à la fin d'une belle nuit d'été. À la lueur de la Lune et des étoiles qui brillent dans un ciel bleu sombre, on voit la ville encore endormie, avec, par-ci, par-là, quelques lumières. On aperçoit les gens, d'abord écroulés par terre et dormant encore. Puis, quelques-uns d'entre eux commencent à s'étirer, à se lever à demi. D'autres, de plus en plus, les imitent, pendant que le ciel nocturne pâlit peu à peu.

Enfin, les lueurs de l'aurore effacent dans le ciel les étoiles et le clair de lune. La ville commence à se colorer. À ce moment on entend, d'abord lointaine, une sonnerie de clairon qui se rapproche en même temps que les pas d'une petite troupe. Quand la lumière du jour grandit, on voit sortir de la coulisse quelques soldats, dont un finit de sonner dans un clairon. Ils traînent derrière eux le Promoteur et sa femme, qui n'ont plus leur déguisement, mais dont les vêtements sont en lambeaux comme après une lutte : tous deux ont les menottes aux poignets. Derrière eux, fermant la marche de la petite troupe, le chef du C.S.G. qui ricane et qui les malmène. Ils s'arrêtent à l'entrée de la place.

En même temps, on aperçoit encore les dos moutonnants de quelques cauchemars qui s'enfuient et se dispersent au loin dans les rues latérales. On ne voit pas leur visage, mais seulement des formes noires et disparates, des êtres tout petits vêtus de longs vêtements qui traînent, d'autres énormes, obèses, qui marchent en claudiquant. Ils s'éloignent rapidement en poussant de petits cris étranges et ridicules et des grognements. Ils disparaissent enfin complètement, alors que la lumière du jour est tout à fait revenue.

LE CHEF DU C.S.G., *parlant au Promoteur avec un ton de moquerie rageuse.*

Voyez votre œuvre ! Les cauchemars qui s'enfuient ! Les soldats qui dorment ! Finie, votre entreprise démentielle !

LE PROMOTEUR, *rageur.*

Ainsi, vous étiez donc bien un traître ! Vous verrez quand je reprendrai le pouvoir, vous verrez !

IDA, *haussant les épaules.*

Allons donc, mon grand bélier, nous voilà bons pour l'abattoir !

LE CHEF DU C.S.G., *toujours avec une ironie féroce.*

Vous allez dormir un bon coup, d'abord, mon maître ! Et puis on vous jugera ! Et puis vous irez à l'échafaud !

LE PROMOTEUR

Monstre ! Ingrat ! Je n'ai voulu que votre bien !

LE CHEF DU C.S.G.

Est-ce un bien, que d'abolir le sommeil ? Vous voyez bien : les rêves se sont vengés ! Ils ont failli envahir la ville... Allez ! Avancez ! Vous la connaissez bien, la prison, hein ! Vous y avez envoyé tant d'innocents ! À commencer par le plus illustre de nos savants, le malheureux inventeur du Sérum de l'Insomnie ! Allez ! Au cachot !

IDA, *avec un immense soupir de fatigue.*

Je n'y arriverai jamais ! J'ai trop sommeil !

Ils s'en vont sous la conduite des soldats dont l'un, tenant un tambour, fait résonner un roulement de marche funèbre.

Les personnages, les uns après les autres, se relèvent complètement et se frottent les yeux.

PREMIER PROMENEUR

Il me semble que j'ai dormi pendant dix ans !

DEUXIÈME PROMENEUR

Et moi, pendant cent ans !

LA PROMENEUSE, *à sa fille.*

Lève-toi, ma chérie ! Regarde l'aube, toute dorée, monter sur la ville.

Les soldats et les policiers, en se relevant eux aussi, s'interrogent les uns les autres.

PREMIER SOLDAT, *un peu ahuri mais souriant.*

Qu'est-ce qui s'est passé ?

DEUXIÈME SOLDAT, *même jeu.*

Je ne sais pas, je ne sais pas, non... mais ça va mieux.

TROISIÈME SOLDAT

Il faut trinquer. Un bon café chaud ne nous ferait pas de mal.

QUATRIÈME SOLDAT

Avec un croissant.

CINQUIÈME SOLDAT

Tu n'as pas honte ? Tu es en faction !

Tous le font taire en riant.

LES SOLDATS, *ensemble.*

En faction ! Pour garder qui ? Pour garder quoi ?

LE REPORTER, *sortant de sa cabine*
avec son micro à la main.

En effet : pour garder quoi ? J'ai l'impression que tous les monstres ont battu en retraite !

UN SOLDAT

Quels monstres ? Le Promoteur et ses suppôts ?

LE REPORTER

Lui et les siens d'un côté, de l'autre les rêves refoulés : tous des cauchemars en action.

Mario et Paola se relèvent les derniers. On entend de nouveau la musique de leur leitmotiv.

MARIO, *à Paola.*

Regarde comme le ciel est lumineux ! Comme le Soleil brûle ! Nous sommes liés à sa chaleur ! Notre rythme est le sien. Nous avons dormi, nous voilà légers. Le vent nous emporte. Éveille-toi ! Viens vivre avec tout ce qui respire. Avec tout ce qui veille pendant le jour et dort pendant la nuit ! Viens avec moi ! Viens vivre ! Ne perdons pas un instant !

Ils s'en vont en courant, avec leur grâce coutumière, accompagnés par la musique en crescendo. Le plein

100

jour inonde la place de lumière. Les personnages se dispersent.
Rideau.

Fin

San Felice del Benaco, été 1981,
Paris, été 1982.

Le petit voleur

RÊVE DE BANLIEUE

PERSONNAGES

MONSIEUR REDADON, *60 ans.*

MADAME REDADON, *58 ans.*

    Petits bourgeois retraités, grisonnants et placides. Ils parlent très lentement, avec un long intervalle entre leurs répliques, comme des gens qui ont l'éternité devant eux.

LE VOLEUR. *20 ans à peine, mince, pâle, d'aspect souffreteux et douloureux. Paraît encore plus jeune que son âge, il a l'air d'un adolescent malade.*

LE GENDARME. *Personnage muet.*

DÉCOR

    Le décor représente une petite maison de campagne (ou de grande banlieue), que l'on voit presque tout entière sur la scène, au second plan. Au premier plan, un jardinet : quelques fleurs, quelques planches de légumes, un ou deux arbres fruitiers. Au fond et à droite, attenant à la maison, un mur pas très haut, avec une grille donnant sur la route.

    La maison comprend deux parties contiguës : presque au centre de la scène, une grange ouverte surmontée d'une loggia ; à gauche, les pièces d'habitation, comprenant une cuisine en bas et une chambre en haut.

Sous la grange ouverte, qui est de plain-pied avec le jardin, traînent quelques outils, une brouette, deux fauteuils de paille. Sous le toit de la loggia pendent quelques paquets d'oignons.

La loggia elle-même est bordée d'un balcon de bois le long duquel court une glycine chargée de fleurs. À droite, le long du mur de la grange ouverte, un escalier de bois part du sol du jardin et aboutit à la loggia. À l'intérieur de celle-ci, on voit du linge qui sèche.

À gauche, attenant à ce bâtiment, et comme indiqué plus haut, il y a : au rez-de-chaussée, une porte et une fenêtre (c'est la cuisine) et, au premier étage, deux fenêtres (c'est la chambre à coucher).

Nota : Cette histoire, bien qu'ayant certains caractères de vraisemblance empruntés à la réalité, doit, par des effets délicats et presque insensibles, dus en grande partie à la mise en scène et au « tempo » du jeu des acteurs (lenteur, ton de la voix, silences, intervalles prolongés) se détacher de la réalité et glisser peu à peu vers l'insolite et le rêve.

ACTE I

La fin d'une belle journée d'été, vers huit ou neuf heures.
Les époux ont dîné.

Au lever du rideau, la fenêtre de la cuisine est ouverte. On
entend Madame Redadon chanter à l'intérieur et remuer de
la vaisselle. On la voit de temps en temps aller et venir,
apparaître à la porte ou à la fenêtre.

Quant à Monsieur Redadon, il est penché au balcon de la
loggia et, en bras de chemise, un paquet de raphia autour du
cou, il est en train d'attacher les branches de la glycine.

VOIX DE MADAME REDADON, *chantant avec « sentiment ».*

> Tu m'avais dit : il faut le dire,
> Je t'avais dit : ne le dis pas.
> Et maintenant que tout est dit
> Pourquoi ne veux-tu pas répondre ?

La voix s'arrête. Madame Redadon se penche à la
fenêtre.

MADAME REDADON

Où es-tu ?

MONSIEUR REDADON

Ici, dans la loggia.

107

MADAME

Qu'est-ce que tu fais ?

MONSIEUR

J'attache la glycine.

MADAME, *flairant l'odeur des fleurs.*

Je l'aurais parié ; chaque fois que tu t'en approches, elle répand son parfum plus fort.

MONSIEUR

Elle me connaît...

Un silence. Puis Madame Redadon disparaît de nouveau et se remet à chanter :

VOIX DE MADAME

Ce que l'on tait veut être dit,
Ce que l'on dit n'est pas à dire ;
Chaque parole est un silence ;
Quand je te parle, tu te tais.

Pendant qu'elle chante, Monsieur Redadon ayant fini son travail, descend lentement l'escalier extérieur.

MADAME, *mettant la tête à la fenêtre, inquiète.*

C'est toi qui descends l'escalier ?

MONSIEUR

Bien sûr ! Qui veux-tu que ce soit ?

MADAME

Tu devrais siffloter quand tu descends ou montes l'escalier de la loggia : comme ça, je saurais que c'est toi.

MONSIEUR, *haussant les épaules.*

Toujours tes maudites appréhensions : Il n'y a que toi et moi ici, voyons !

> *Monsieur va sous la grange ouverte, pend le raphia à un clou, prend un fauteuil de paille, le place devant la grange au premier plan, face au public, s'assoit et commence à bourrer sa pipe.*
> *Pendant ce temps, Madame continue de chanter sans qu'on la voie.*

VOIX DE MADAME

> Je souffre d'avoir trop à dire,
> Mais ton silence est un mystère.
> S'il faut parler pour ne rien dire,
> J'aime mieux souffrir et me taire.

MONSIEUR, *avec bonhomie.*

Si tu chantes tout le temps, comment veux-tu m'entendre siffloter ?

> *La voix s'arrête. Un silence.*
> *Madame a quitté la cuisine et est montée dans la chambre par un escalier intérieur. Elle ouvre les fenêtres du premier étage.*

MADAME

Tu disais ?

MONSIEUR

Rien.

MADAME

Tu n'es pas très bavard, ce soir !

109

MONSIEUR

Il fait lourd. Mais *(timidement après une hésitation)*, le dîner était un peu... léger ! Tu ne me gâtes pas, ces temps-ci !

MADAME

C'est pour ta santé. Tu ne dois pas manger trop.

Madame quitte la fenêtre.
Monsieur hoche la tête et fume sa pipe. Un silence

MONSIEUR

Qu'est-ce que tu fais ?

MADAME, *du fond de la chambre.*

Je fais le lit.

MONSIEUR

Au moment de te coucher ? *(Comme pour lui-même :)* C'est vrai que le temps passe si vite dans ce jardin : arroser avant que le soleil ne soit trop chaud. Sarcler les allées. Cueillir les petits pois. Puis c'est le déjeuner. Puis la sieste. L'après-midi, à la pêche. Retour. Scier du bois pour le lendemain. Soigner les fleurs, bêcher. Repiquer les salades. La fin de la journée vient vite et l'on n'a même pas eu le temps de faire son lit !

MADAME, *se penchant à la fenêtre.*

Tu parles tout seul, maintenant ?

MONSIEUR, *avec un doux reproche.*

Il ne tient qu'à toi de me tenir compagnie ! C'est l'heure de prendre le frais.

MADAME

J'ai fini. Je descends.

110

Un temps.
On voit Madame passer par la loggia et inspecter la glycine.

MONSIEUR

Tu fais ta tournée d'inspection ?

MADAME

N'as-tu pas un peu trop serré la glycine ? Il faut qu'elle puisse respirer.

MONSIEUR

Ne touche pas à mon travail, veux-tu ? Ce que je fais est bien fait.

MADAME, *haussant les épaules.*

Ah ! Ces hommes ! Toujours tellement sûrs d'eux-mêmes !

Elle sort de la loggia, et descend lentement l'escalier.

MONSIEUR, *malicieux.*

Dis donc, tu devrais siffloter !

MADAME, *arrivant près de lui.*

Ne te moque pas de moi !

MONSIEUR

Prends l'autre fauteuil ! Il fait délicieux, tu ne trouves pas ?

Madame prend l'autre fauteuil de paille, l'apporte à côté de son mari et s'assied.
Hein ? Qu'en dis-tu ?

111

MADAME

Oui, il fait bon... ça n'est pas trop tôt... après une journée aussi chaude !... Je suis éreintée !

MONSIEUR

Repose-toi, laisse-toi aller. Que penses-tu de ce petit courant d'air ? Il doit venir de la mer... ou de la montagne ?

MADAME, *étonnée*.

Mais, il n'y a ni mer ni montagne, dans les environs !

MONSIEUR

Oh, il ne faut pas s'y fier : les courants d'air viennent de loin !

Un silence.

MADAME

J'aime bien la fin du jour ici. Mais après...

MONSIEUR

Après ?

MADAME

Après, quand la nuit vient...

MONSIEUR

Eh bien ?

MADAME

J'ai toujours peur !

MONSIEUR

Peur de quoi ?

112

MADAME

Des voleurs, tu le sais !

MONSIEUR

Je sais... qu'il y a de nombreuses années que nous vivons ici et qu'il ne s'est jamais rien produit de fâcheux...

MADAME

Il suffit d'une fois. Dans ces campagnes proches de la ville, il y a toujours un voleur qui rôde.

MONSIEUR, *haussant les épaules.*

À force d'y penser, tu finiras par lui donner corps, à ton voleur !

> *À ce moment, sans avoir été annoncé par aucun bruit, le Voleur apparaît derrière la grille, au fond du jardin. En même temps, la lumière commence à décroître.*
> *Monsieur reprenant après un silence*

Et puis, que veux-tu qu'on nous vole ? On sait bien que nous ne sommes pas très riches.

MADAME

Il y a toujours quelque chose à voler, dans une maison honnête.

MONSIEUR

En tout cas, pas dans une maison habitée. Or, nous sommes toujours là !

MADAME

Oh, ils sont habiles ! Ils ne font pas de bruit. On ne les entend pas venir !

MONSIEUR

J'ai l'oreille fine.

MADAME

Pas quand tu dors !

Un silence. Le jour tombe.

MONSIEUR, *comme pour changer de conversation.*

Dis donc, j'ai fait nos comptes du mois, tout à l'heure...

MADAME, *d'un air détaché.*

Ah ! Et alors ?

MONSIEUR

Oh, rien... Rien de grave... Mais tu t'étais trompée dans l'addition.

MADAME, *brusquement sur le qui-vive.*

Et où veux-tu en venir ?

MONSIEUR

À rien du tout !... Je te fais simplement remarquer que...

MADAME, *l'interrompant sèchement.*

Tu me « fais remarquer » ? Qu'est-ce que c'est que ce langage ?

MONSIEUR

Laisse-moi donc finir !... Oui, j'ai trouvé au total quinze mille francs de dépenses qui ne s'expliquent pas dans le détail journalier, tu comprends ?

MADAME, *agacée.*

Ah, ça, par exemple ! Monsieur l'expert-comptable, est-ce que tu te crois encore au bureau ? Est-ce que tu me prends pour un employé que l'on soupçonne... de malversations ?

MONSIEUR, *essayant de la calmer.*

Mais voyons, Marie, je n'ai pas dit ça !

MADAME

Sais-tu que c'est très injurieux pour moi ?

MONSIEUR, *conciliant.*

Je n'ai pas voulu te froisser ! Tout le monde peut se tromper dans une addition !

MADAME, *avec véhémence.*

C'est heureux que tu le reconnaisses !... Et puis, assez sur ce sujet, veux-tu ?

MONSIEUR, *battant en retraite*
tout en haussant les épaules.

Mais je veux tout ce que tu voudras ! Tu sais bien que je ne désire qu'une chose ! C'est la paix !

MADAME, *sur le ton du commandement.*

Alors, ne fais rien pour la troubler, cette paix !

> *Pendant ces répliques, le Voleur a escaladé sans bruit la clôture et, marchant sur la pointe des pieds, avec les gestes expressifs d'un Pierrot ou d'un Arlequin, s'apprête à monter l'escalier de la loggia.*

MADAME, *avec inquiétude.*

N'as-tu pas entendu quelque chose ?

115

MONSIEUR, *négligemment.*

Si... vaguement. C'est le chat... *(Se penchant vers la droite et appelant :)* Minou, Minou, Minou ! Viens, mon gros !

> *Le Voleur a un mouvement de surprise et s'immobilise sur la première marche de l'escalier.*

MADAME, *paraissant rassurée.*

Tu sais bien qu'il ne vient jamais quand c'est toi qui l'appelles !

MONSIEUR, *indigné.*

Pardon ! Il reconnaît très bien ma voix !

MADAME

Il la reconnaît peut-être ! Mais il n'obéit qu'à moi ! *(Avec orgueil :)* C'est moi qui lui donne son mou !

> *Le Voleur, tranquillisé, a continué de monter sans bruit l'escalier. On voit qu'il a des chaussons aux pieds et qu'il porte une grande sacoche en bandoulière.*

MONSIEUR

Alors appelle-le !

MADAME

Minou ! Minou ! Viens, mon tout-petit ! Viens vite voir ta petite mère !

> *Un silence.*
> *Le Voleur s'immobilise sur la dernière marche et paraît comprimer les battements de son cœur.*

MONSIEUR, *se moquant.*

Tu vois comme il obéit !

MADAME

C'est que ce n'était pas lui !

MONSIEUR

En tout cas, c'est le silence, maintenant.

La nuit est presque complètement tombée.

MADAME, *précipitamment.*

Ne dis pas cela ! Tu sais bien que le grand silence de la campagne me fait peur !

MONSIEUR

Ah, je connais tes litanies, va !... Le bruit me fait peur, le silence me fait peur, la nuit me fait peur...

MADAME

Que veux-tu ? J'ai toujours été ainsi.

MONSIEUR

Tu ne peux donc pas faire un effort pour changer ?

Maintenant, le Voleur est entré dans la loggia et il avance doucement vers la gauche.
Un silence.

MADAME, *plaintive.*

Fais-moi plaisir : va voir à la grille s'il n'y a personne !

Monsieur se lève et obéit en grommelant.

MONSIEUR

Bon sang de bon sang ! Tous les soirs la même cérémonie !

Il va vers la grille, regarde au-dehors et revient. Il considère sa femme un moment, avant de se rasseoir.

117

Ma pauvre Marie !... Bien entendu, il n'y a personne...
(Riant :) D'ailleurs, il serait difficile de se cacher derrière un
petit abricotier de deux ans, non ?

MADAME

Et sur la route, tu as regardé ? À travers la grille ?

MONSIEUR

Oui, j'ai regardé, la route est déserte et, là-bas, la fenêtre
de nos voisins est éclairée, à l'entrée du village. Tu n'es pas
encore rassurée ? *(S'asseyant :)* Je te l'ai déjà dit : tu devrais
consulter quelqu'un ; tes angoisses ne sont pas normales !

MADAME

C'est que les femmes voient et entendent mieux que les
hommes ! Nous sommes plus sensibles.

MONSIEUR, *conciliant.*

Peut-être... Mais tout de même, un docteur...

MADAME, *catégorique.*

Les docteurs n'empêchent pas les voleurs !

MONSIEUR, *découragé.*

Encore !... *(Un temps.)* Si tu essayais de te rappeler la
chanson ?... Toute ta chanson !

MADAME, *pitoyable.*

Je n'ai plus envie de chanter.

MONSIEUR

Comme tu voudras.

118

Il tire sur sa pipe avec agacement.
Un silence.
La nuit est complète.

MADAME, *précipitamment.*

Tu ne... sens rien ?

MONSIEUR, *qui commençait à somnoler.*

Hein, quoi donc ?

MADAME, *avec angoisse.*

La glycine ! Elle vient de donner une bouffée d'odeur !...

MONSIEUR, *respirant.*

C'est exact. Elle est merveilleuse !

MADAME, *à voix basse.*

Ce n'est pas ce que je voulais dire !

MONSIEUR

Qu'est-ce que tu voulais dire ?

MADAME

Qu'elle ne donne son parfum... que quand on passe à côté d'elle.

MONSIEUR

Pardon ! Quand c'est *moi.* Tu me le faisais remarquer toi-même.

MADAME

Il n'y a pas que toi ! Ainsi moi, quand je m'approche...

MONSIEUR, *coupant court.*

Eh bien, tant mieux. Qu'est-ce que tu vas encore t'imaginer ?

MADAME, *un peu penaude, mais obstinée.*

Rien... Je n'ai rien dit, mais tout de même...

> *Un silence.*
> *À présent le clair de lune envahit doucement la scène.*

MONSIEUR, *pour lui-même.*

Ma pipe s'éteint tout le temps ; l'air est pourtant sec, dans ce pays.

> *Monsieur secoue sa pipe, la cogne contre le montant de son fauteuil, la bourre de nouveau et craque une allumette.*

MADAME, *l'arrêtant de la main.*

Tu fumes trop.

MONSIEUR

Comment, je fume trop ? C'est ma quatrième seulement de la journée !

MADAME

Ça suffit ! Ça te fait du mal. Toi qui parles de docteur...

MONSIEUR, *obéissant à regret.*

Bon, bon. Tu as peut-être raison.

> *Il met sa pipe dans sa poche.*

MADAME

D'ailleurs, il est temps d'aller nous coucher.

MONSIEUR

Dommage ! Un si beau clair de lune !

MADAME

Nous le verrons par la fenêtre.

MONSIEUR

Ce n'est pas la même chose. *(Lyrique :)* Ici, on se sent en
pleine nature. *(Suppliant :)* Encore cinq minutes, il fait si
bon !

MADAME, *ironique.*

Je t'accorde tes cinq minutes de « nature ».

> *Un silence.*
> *Et dans ce silence, on entend un léger grincement
> de porte au premier étage : c'est le Voleur qui essaie
> d'ouvrir lentement la porte faisant communiquer la
> loggia avec la chambre à coucher.*

MADAME, *brusquement à voix basse.*

Tu as entendu ?

MONSIEUR

Oui, j'ai entendu. Ce doit être le courant d'air qui a fait
bouger la porte de notre chambre.

MADAME, *dans un souffle.*

Il y a quelqu'un là-haut, j'en suis sûre !

MONSIEUR

Mais non, voyons, calme-toi ! Tu sais bien que personne
n'est entré ! Puisque j'ai été voir !

MADAME

Ça ne fait rien. Je suis sûre qu'il y a quelqu'un ! Va vite !

MONSIEUR

Vas-y toi-même, tu es stupide, à la fin !

MADAME, *à voix basse, suppliante.*

Qu'est-ce que ça peut te faire ? Puisque nous allons nous coucher ! De toute façon il fallait bien que tu montes !

À ces mots, on voit le Voleur traverser rapidement la loggia de gauche à droite, sur la pointe des pieds et reparaître au sommet de l'escalier. Là, il s'immobilise et écoute avec inquiétude.

MONSIEUR, *se levant.*

Alors, viens avec moi.

MADAME

Tu vois que tu as peur !

MONSIEUR

Bien sûr que non ! Mais puisque tu voulais rentrer...

MADAME, *à voix basse.*

Tais-toi ! Tu vas le laisser partir !

MONSIEUR

Qui ça ?

MADAME

Le Voleur ! Il faut le pincer une bonne fois !

MONSIEUR

Décidément, tu perds la raison. Allons, viens !

MADAME

Passe devant !

MONSIEUR

Tu es ridicule ! Ridicule, entends-tu ?

MADAME

Qu'est-ce que ça fait ? Il n'y a personne.

MONSIEUR, *ironique.*

Alors ? Ou bien il y a un voleur, ou bien il n'y a personne !

MADAME, *dans un souffle.*

Je t'en supplie, tais-toi, montons vite !

> *Ils entrent par la porte de la cuisine. Pendant ce temps, le Voleur descend doucement l'escalier et se plaque contre le mur, aux aguets.*
> *On entend les époux monter l'escalier intérieur de la maison.*

VOIX DE MADAME, *inquiète dans la chambre.*

Allume ! Allume vite !

> *Les fenêtres de la chambre s'éclairent.*

VOIX DE MONSIEUR

Tu vois bien : il n'y a personne !

VOIX DE MADAME, *impérative.*

Regarde dans le placard !

> *Bruits d'objets dégringolant.*

Attention ! Attention !

VOIX DE MONSIEUR

Bon sang ! Qu'est-ce que...

VOIX DE MADAME, *précipitamment.*

Mes cartons ! Mes lainages ! Ma naphtaline !

VOIX DE MONSIEUR

Te voilà édifiée !

VOIX DE MADAME, *piteuse.*

Tu n'as pas regardé partout ! Dans la loggia !

> *Bruit de porte, la lumière électrique inonde la loggia.*

VOIX DE MONSIEUR

Personne, naturellement !

Il referme la porte.

VOIX DE MADAME, *plus timidement.*

Peut-être... il est maintenant dans la cuisine ? Si tu redescendais voir ?

VOIX DE MONSIEUR, *goguenarde et péremptoire.*

Ah non ! ça suffit comme ça ! Nous n'allons pas passer la nuit à jouer à cache-cache avec un fantôme !

VOIX DE MADAME, *avec précipitation et effroi.*

Je t'en supplie, n'emploie pas ce mot !

VOIX DE MONSIEUR

... En tout cas, quelqu'un qui n'existe pas !... Allons, tu es rassurée, je pense ?... Couchons-nous et dormons ! Il a fait chaud, j'ai beaucoup jardiné... Je suis fatigué.

« Je », toujours « je » ! Et moi, est-ce que je ne suis pas fatiguée ? Est-ce que je ne fais rien de la journée ?

VOIX DE MONSIEUR

« Je », c'est « nous », tu le sais bien !

VOIX DE MADAME

C'est vite dit !... Enfin ! *(Soupir.)* Passe-moi ma robe de chambre !... Merci.

> *Un temps.*
> *On distingue, dans la pénombre, le Voleur qui, rassuré, s'est avancé très doucement sur le devant de la scène, a posé sa sacoche par terre comme un ouvrier qui a fini sa journée et s'est étendu sur un des fauteuils d'osier.*

VOIX DE MONSIEUR, *lointaine.*

Est-ce que je peux éteindre ?

VOIX DE MADAME, *condescendante.*

Oui, mon ami.

> *La lumière disparaît aux deux fenêtres.*
> *Un temps.*

VOIX DE MONSIEUR, *ensommeillée.*

Bonsoir, bonne nuit !

VOIX DE MADAME, *même ton.*

Bonne nuit !

> *Un silence.*
> *Un oiseau piaille un moment quelque part, puis se tait.*

Alors, le Voleur se lève sans bruit et, avec d'infinies précautions, ouvre la porte de la cuisine, puis écoute : rien.

Il entre et l'on voit la mince lueur de sa lampe de poche se promener à l'intérieur. Soudain, il fait un faux pas et heurte un escabeau sur le carrelage.

VOIX DE MADAME, *réveillée en sursaut.*

Tu as entendu, cette fois ?

VOIX DE MONSIEUR

Oui, qu'est-ce que c'est ?

Le Voleur éteint sa lampe, sort de la cuisine et s'immobilise dans le jardin.

VOIX DE MADAME, *presque chuchotée.*

Ton revolver !

Les fenêtres de la chambre s'éclairent. Bruit de tiroir qu'on tire précipitamment.

VOIX DE MONSIEUR

Bon sang ! Où est-ce que... ?

VOIX DE MADAME

Vite ! Vite !

VOIX DE MONSIEUR

Je l'ai !

MONSIEUR, *apparaissant à la fenêtre,
un revolver à la main.*

N'avancez pas, ou je tire !

126

VOIX DE MADAME, *glapissante.*

Empêche-le de s'enfuir ! Oh, mon Dieu, mon Dieu !...

MONSIEUR

N'essayez pas de vous sauver, ou je tire !

> *Affolé, le Voleur cherche précisément à s'enfuir mais, dans sa hâte, il heurte un fauteuil de paille. Monsieur tire au hasard dans la direction du bruit. Le Voleur pousse un cri et tombe.*

MONSIEUR, *rentrant dans la chambre.*

Je crois que je l'ai eu. Que faire ?

MADAME, *soudain très brave,*
la voix changée, décidée.

Cette question ! Mais il faut descendre ! Allume sous l'auvent !

> *La grange ouverte s'éclaire, éclairant en même temps le jardin. On voit le Voleur assis par terre, essayant de se faire un pansement à la jambe, avec son mouchoir et geignant un peu.*
> *Bruits de pas précipités dans la maison. Monsieur, en pyjama, tenant encore son revolver, sort sur le pas de la porte, suivi de Madame, en chemise de nuit.*
> *Tous deux aperçoivent le Voleur gisant et s'approchent.*

MONSIEUR, *menaçant.*

Haut les mains !

LE VOLEUR, *pitoyable.*

Peux pas, je perds mon sang...

MADAME

Comme il est jeune ! Mais c'est un enfant !

MONSIEUR, *considérant le Voleur*
et abaissant son arme.

C'est vrai ! Un gamin !... *(Se reprenant :)* Mais ce sont les
plus dangereux !

MADAME, *au Voleur.*

Vous êtes blessé ?

LE VOLEUR, *avec une grimace de souffrance*
et tremblant de tous ses membres.

Oh, pas grand-chose, merci ! Une plaie à la jambe...

MADAME

Faites voir ! Je m'y connais, j'ai été infirmière.

MONSIEUR, *braquant de nouveau son revolver*
sur le Voleur.

Attention, ne bougez pas, ou je tire !

MADAME

S'agit bien de ça ! Range cette arme, je te prie ! *(Elle se
penche sur le Voleur et examine sa jambe :)* Ce n'est pas
grave. Mais vous êtes fou : un mouchoir sale sur une plaie !
Enlevez-moi ça tout de suite. Je vais chercher un pansement
propre.

Elle rentre dans la maison.

MONSIEUR, *toujours revolver à la main*
mais parlant sur un ton naturel.

Que diable faisiez-vous là ?

LE VOLEUR, *candidement,*
mais parlant avec peine.

J'étais venu... pour vous voler. Oui, oui, pour vous voler.

MONSIEUR

Et vous l'avouez ? Comme ça ! sans remords ! Eh bien vous avez de la chance de vous en tirer à si bon compte. Je pouvais vous tuer, savez-vous ? Et j'étais dans le cas de légitime défense.

LE VOLEUR, *suppliant.*

Oh, si peu !... Monsieur, je vous en supplie : ne le dites pas ! Ne le dites pas !

MONSIEUR

Ne dites pas quoi ?

LE VOLEUR

Ne dites à personne ce que je viens de faire !... Protégez-moi ! Cachez-moi ! Dites que je me suis trompé de porte, que... que j'avais oublié ma clé, je ne sais pas, moi !

Madame revient de la cuisine, portant une cuvette d'eau, une serviette, un flacon et un pansement.

MONSIEUR, *s'adressant à sa femme*
mais parlant sans grande conviction.

Monsieur me disait... me racontait... qu'il s'était trompé de maison... Il croyait rentrer chez lui...

LE VOLEUR

Mais j'avais oublié...

MONSIEUR

Mais il avait oublié sa clé. Alors...

MADAME, *d'un ton bourru,*
pendant qu'elle soigne le blessé.

Ne te donne donc pas tant de peine, et ne me raconte pas d'histoires ! *(Avec une sorte d'admiration :)* C'est un vrai voleur ! *(Au Voleur :)* Depuis le temps que je vous attendais !

LE VOLEUR, *abasourdi.*

Vous... m'attendiez ?... Vraiment ?...

MONSIEUR, *stupéfait.*

Ça, par exemple !

> *Elle verse du désinfectant sur la serviette et l'applique sur la jambe du Voleur.*

LE VOLEUR

Aïe ! Aïe ! Attention !

MADAME

Ce n'est rien. Un peu de courage. Il faut désinfecter tout de suite.

LE VOLEUR, *entre deux grimaces de douleur.*

Vous... vous... êtes... bien bonne, madame... Merci. *(Avec une angoisse soudaine :)* Mais dites : vous n'allez pas... me livrer à la police ? Ayez pitié de moi ! J'avais faim... Ne le dites pas, je vous en supplie !

MADAME, *le gourmandant maternellement.*

On verra, on verra ! Soignez-vous d'abord.

MONSIEUR, *à mi-voix à sa femme.*

Qu'est-ce qu'on va en faire ?

Mais le garder ici cette nuit ! Il ne peut pas marcher.
Après, eh bien, on verra.

MONSIEUR

Tu es complètement folle ! Toi qui avais si peur des
voleurs ! Et maintenant que...

MADAME, *l'interrompant.*

Aide-le à se relever, veux-tu ?

> *Monsieur obéit, il prend le Voleur par le bras et
> l'aide à s'asseoir dans un fauteuil.*

LE VOLEUR

Comme c'est chic, ce que vous faites là !

MADAME

Je vais vous chercher un peu d'alcool.

> *Elle rentre de nouveau dans la cuisine.*

MONSIEUR

Et dire que depuis trente ans, ma femme a peur des
voleurs !

LE VOLEUR

Eh bien, ça y est : elle n'aura plus peur ! *(Il fait un
mouvement :)* Aïe, que ça me fait mal !

> *Madame revient avec une bouteille d'alcool et un
> verre et lui verse à boire.*

MADAME

Tenez ! C'est de l'eau-de-vie de prune du jardin.

LE VOLEUR, *humant le verre.*

Quel arôme ! *(Il boit une gorgée :)* Holà ! Elle brûle !

MONSIEUR, *avec fierté.*

Elle fait bien ses cinquante degrés !

LE VOLEUR, *buvant avec peine, à petites gorgées.*

Je ne... suis pas habitué... à l'alcool ! Je n'en bois jamais...
J'ai une très mauvaise santé.

MADAME

Préférez-vous un verre d'eau fraîche ?

LE VOLEUR, *d'une voix mourante.*

Merci, vous êtes bien bonne... Je suis... très fatigué.

MADAME

Bon. On va vous laisser dormir. Vous allez monter dans
notre chambre et...

MONSIEUR, *protestant vivement.*

Mais !...

MADAME, *l'interrompant.*

Et vous étendre sur notre lit.

MONSIEUR

Mais tu perds la raison ! Le... le... le lit n'est pas fait !... Il
faudrait changer les draps !

MADAME

J'ai dit : étendez-vous seulement sur le lit. Mais vous serez
quand même mieux ainsi.

MONSIEUR, *furieux.*

C'est charmant ! Et nous ?

MADAME, *péremptoire.*

Eh bien, nous resterons ici, dehors. Par cette chaleur, il fait meilleur que dedans... *(S'adressant à l'un comme à l'autre :)* C'est compris ? *(Au Voleur :)* Allez, montez !

LE VOLEUR, *hésitant.*

Vraiment, je peux ?... Je ne ?...

MONSIEUR, *grand et généreux,*
mais haussant les épaules.

Puisqu'on vous le dit ! Allez-y !

LE VOLEUR, *se levant avec peine.*

Comme je vous remercie ! Comme vous êtes chics tous les deux !... Et comme on est bien ici... Ce calme, ce clair de lune !...

MONSIEUR, *avec amertume et avec intention.*

Il est probable que vous trouveriez le même clair de lune ailleurs !

MADAME, *avec une espèce de tendresse.*

Allez ! bonne nuit... mon Voleur !

LE VOLEUR

Bonne nuit, Madame ! Bonne nuit, Monsieur !

MONSIEUR, *sèchement.*

Bonsoir !

Le Voleur fait quelques pas en boitant vers la cuisine, puis s'arrête et se retourne.

LE VOLEUR

C'est bien par ici ?

MADAME

Ne faites pas le malin ! Vous connaissez parfaitement le chemin !

Le Voleur, résigné, entre dans la cuisine. On l'entend monter dans l'escalier, entrer dans la chambre. Il éteint la lumière et l'on entend le lit craquer sous son poids.
Un silence.
La lumière est restée allumée sous l'auvent, éclairant le jardin.

MONSIEUR

Ma chère Marie, je t'avoue que vraiment... non, là... eh bien, tu me stupéfies !

MADAME

Parle plus bas ! Laisse-le s'endormir !

MONSIEUR, *un ton au-dessous.*

Mais enfin, veux-tu me dire : qu'est-ce qui t'a pris ?

MADAME, *calme et inconsciente.*

Quoi donc ? Explique-toi !

MONSIEUR

Qu'est-ce qui t'a pris de... garder ce vaurien ici, chez nous, toi qui...

MADAME, *avec beaucoup de dignité.*

Je te prie de mesurer tes paroles ! Un vaurien, un vaurien !
Dis plutôt un gamin, un pauvre garçon qui n'avait rien à
manger, probablement.

MONSIEUR

Admettons. Mais enfin, il est entré ici de force ! Comme un
voleur ! Sans nous avertir ! Et...

MADAME, *agressive.*

Ah, parlons-en ! Toi qui m'affirmais avoir regardé partout, avoir l'oreille fine : beau résultat !

MONSIEUR, *agacé.*

Ne cherche pas à détourner la conversation. Pourquoi,
maintenant, le traiter ainsi ? Une charité ridicule ! Il fallait...

MADAME

Il fallait quoi ?

MONSIEUR

Il fallait aller chercher les gendarmes... et le coffrer, tout
blessé qu'il était. Il y a bien une infirmerie dans les prisons,
que diable !

MADAME

Et sais-tu ce qui serait arrivé, si on l'avait « coffré » ?

MONSIEUR

Non.

MADAME

Eh bien, je vais te le dire : on l'aurait relâché au bout de
quelques mois, il serait revenu ici pour se venger, et il nous
aurait peut-être assassinés !

MONSIEUR, *ironique.*

Et tu n'as pas peur qu'il nous assassine... quand même ?

MADAME, *candide.*

Peur ? Moi ?... Mais à partir du moment où il est ici, chez moi, où il est couché là-haut, dans notre lit, pour moi ce n'est plus un voleur ! Comment aurais-je peur, désormais ?

MONSIEUR, *découragé.*

Tu es vraiment désarmante !

MADAME, *désinvolte.*

À propos : était-il armé ?

MONSIEUR

Je ne sais pas. Il n'y a qu'à regarder par terre : dans sa chute, il a dû laisser tomber tout ce qu'il tenait. *(Ils cherchent tous deux :)* Ah, voilà sa lampe électrique.

MADAME, *docte.*

On appelle ça une lanterne sourde.

MONSIEUR, *se penche, prend la lampe et s'en sert pour continuer à chercher.*

Tiens ! Qu'est-ce que c'est que ça ?

Il se baisse et montre une tige de fer dont l'extrémité est amincie et coudée.

MADAME, *toujours aussi savante.*

Ça ? Une « pince-monseigneur » !

MONSIEUR

Fichtre ! Quel vocabulaire technique !

MADAME

Tu comprends : on introduit cela sous la serrure d'une porte, dans le chambranle, et on pèse, jusqu'à ce que la serrure cède.

MONSIEUR

On dirait que tu n'as fait que ça toute ta vie !

MADAME

J'ai lu beaucoup de romans policiers.

MONSIEUR

Très bien, la pince-monseigneur ! Elle me servira sûrement à quelque chose.

MADAME, *précipitamment.*

À rien du tout ! Donne-la-moi ! Ça sera un souvenir.

Elle prend la pince-monseigneur et vient la poser sous l'auvent.

MONSIEUR

Tu m'inquiètes vraiment.

MADAME, *toujours très calme*
et regardant par terre.

Tiens, voilà son sac. Les voleurs ont toujours un sac sur le dos.

MONSIEUR

Dans les romans, oui. *(Regardant :)* On dirait plutôt une musette de soldat.

137

MADAME, *avec une sorte de fierté.*

Mais il sera soldat, tout comme un autre !... Oh, ça va être amusant de voir ce qu'il voulait emporter !

MONSIEUR, *réprobateur.*

Très amusant, vraiment !

Elle s'assied et commence à regarder dans la sacoche. Monsieur s'assied à côté d'elle.

MADAME, *énumérant les objets
qu'elle sort de la sacoche, triomphante.*

D'abord ! Une fleur de glycine ! Tu vois, c'est un connaisseur !... Des serviettes à thé...

MONSIEUR, *ironique.*

C'est un homme du monde !

MADAME, *continuant.*

Un réveille-matin... Une moulinette à légumes... la petite Vénus en terre cuite de l'antichambre ! Quelle idée !

MONSIEUR, *soupirant.*

C'est un artiste !

MADAME, *continuant.*

Ah ! Plus intéressant : les couverts de la cuisine, enveloppés dans un linge... le pauvre, il a cru que c'était de l'argenterie !

MONSIEUR

Tu vas me le faire prendre en pitié !... C'est tout ?

Je crois... Tiens, regarde !

MONSIEUR, *prenant le sac et le secouant par terre.*

Qu'est-ce que c'est ?

Il se baisse et montre un portefeuille assez épais.

MADAME, *vivement.*

Donne-moi ça !

MONSIEUR

Pourquoi ? Mais non ! C'est très intéressant ! *(Il ouvre le portefeuille.)* Fichtre ! Des liasses de billets de mille !

MADAME, *insistant.*

Donne-moi ça !... *(Faiblement :)* Pour voir !...

MONSIEUR, *sans s'occuper d'elle,*
continuant à compter.

Un, deux, trois, quatre... six... huit... dix !... Une deuxième liasse de dix mille... Une troisième... une quatrième... cinq... six... huit... dix... *(Avec un étonnement croissant :)* ... douze !... quatorze !... Mais, d'où sort tout cet argent ?

MADAME, *très ennuyée.*

Ça doit être à lui... au Voleur !

MONSIEUR, *ironique.*

Ah ! Je vois ! C'est un voleur riche ! Il vole pour le plaisir !... *(Soupirant :)* Malheureusement, ma pauvre amie, ce portefeuille, je le reconnais : c'est celui que j'avais il y a

quelques années, qui était usé et que je croyais avoir jeté...
Tu ne dis rien ?

Madame se tait, affreusement gênée.
Monsieur, comme se parlant à lui-même.

Je comprends maintenant pourquoi je suis rationné... en nourriture... et en tabac...

MADAME

Ne sois pas injuste !

MONSIEUR, *toujours comme pour lui-même.*

Et dire que nous faisions les comptes, tous les soirs, en confiance ! Quel imbécile j'étais !... *(Changeant de ton, devenant grave, presque tendre :)* Pourquoi te cacher ainsi ?

MADAME, *fondant en larmes.*

Ce sont... mes économies !

MONSIEUR

Tes économies ! Qu'est-ce que ça veut dire ?... Est-ce que ce ne sont pas les miennes ? Les nôtres ?

MADAME, *avalant ses larmes*
comme une petite fille qu'on gronde.

Je ne sais pas... tu comprends... on aime bien... avoir un petit coin à soi...

MONSIEUR, *rêveur.*

Un coin à soi !... Oui !... Nous étions déjà cachés, très loin du monde, nous avions un « coin à nous » ! Mais ça ne suffisait pas : il fallait encore que chacun se cache de l'autre !...

MADAME

Tu sais, cet argent-là, eh bien, il m'aurait peut-être servi un jour à te faire une grande surprise !

MONSIEUR, *un peu touché quand même.*

Admettons !... C'est peut-être vrai... Mais tout de même... Ah ! ce voleur !...

> *Il soupire et pose la sacoche par terre.*
> *Un silence.*

MADAME

Éteins la lumière ! Je suis sûre que nous l'empêchons de dormir !...

> *Monsieur se lève, éteint la lumière de l'auvent, et revient s'asseoir. Le clair de lune est intense.*
> *Un assez long silence pendant lequel on entend le son grêle d'une pendule d'appartement sonner dans la chambre.*

MADAME

Dis !

MONSIEUR

Quoi donc ?

MADAME

Dis ! Est-ce que tu veux bien... que je lui remette l'argent ?

MONSIEUR, *somnolent.*

Quel argent ?

MADAME

L'argent du portefeuille...

MONSIEUR

À qui ?

MADAME

Mais... au Voleur, bien sûr !

MONSIEUR, *sursautant.*

Est-ce que tu te rends compte de ce que tu dis ? Tu es folle ! Complètement folle !

MADAME

Chut ! Ne fais pas de bruit, tu vas le réveiller ! *(Un temps. À voix très basse, avec un doux entêtement.)* Tu comprends, ça le tirerait peut-être d'affaire... *(Un temps.)* Tu m'entends ? *(Un temps.)* Cet argent, il commencerait par en être le dépositaire... responsable... pour nous, bien sûr... Et puis peu à peu, il commencerait à le faire valoir... *(Plus bas :)* Tu comprends ? *(Pas de réponse.)* Il apprendrait à le placer ; ça lui rapporterait... et à nous aussi... *(Un temps. Comme rêvant :)* Il deviendrait... notre banquier... *(À voix basse, mais insistante :)* Dis, c'est une bonne idée ?

MONSIEUR, *d'une voix déjà ensommeillée.*

Fiche-moi la paix ! Laisse-moi dormir !...

Fin de l'acte I

ACTE II

Même décor qu'au premier acte, mais il y a en plus quelques éléments « décoratifs » de mauvais goût : des petits coussins brodés sur les fauteuils de paille, un parasol rouge fixé au sol, une boule de verre dans le jardin. Sous l'auvent, un bat-flanc au-dessus duquel un portemanteau accroché au mur porte des vêtements, une casquette, une veste, un tablier bleu de jardinier : c'est là que couche le Voleur.

Le Voleur est d'abord seul en scène. Il est assis dans un fauteuil, devant la loggia et fait de la vannerie. Il a commencé à fabriquer une corbeille d'osier dont les brins se hérissent dans tous les sens.

Il est en bras de chemise et coiffé d'un grand chapeau de paille rouge tout cabossé et effiloché sur les bords, emprunté sans doute à Madame Redadon.

Arrive Monsieur Redadon, venant de la gauche. Il marche lentement, fumant sa pipe et portant un arrosoir vide qu'il pose par terre.

LE VOLEUR, *sans lever les yeux de son travail.*

Oui, oui ! Attendez un instant, je vais arroser.

MONSIEUR

Mais non, je ne vous le demande pas : vous faites déjà assez de choses comme ça !... Et puis j'aime mieux m'occuper moi-même de mes planches. Les semis d'arrière-saison sont délicats à traiter. Surtout avec une sécheresse pareille !... *(Regardant le ciel :)* Dirait-on que nous sommes fin septembre ?... Ce soleil !... Pas une goutte d'eau depuis près de trois mois, tenez : depuis votre...

LE VOLEUR, *avec une légère ironie.*

Depuis mon « accident » ! C'est exact ! *(Il soupire :)* Ah oui, un été... exceptionnel !

MONSIEUR, *après avoir regardé un moment le Voleur manier les brins d'osier.*

Quelle dextérité !... Et dire que j'aurais pu vous tuer, avec ce satané revolver !

> *Le Voleur se tait.*
> *Un temps.*

Vous avez l'air d'aimer ça par-dessus tout, la vannerie !

LE VOLEUR

N'en croyez rien ! ça me rappelle de mauvais moments !

MONSIEUR

Ah ? *(Un temps, puis timidement :)* Ça ne rapporte pas, la vannerie ?

LE VOLEUR, *riant amèrement.*

En tout cas, là où j'ai appris le métier, eh bien non, franchement, ça ne rapportait pas grand-chose !... c'était... derrière des barreaux... vous comprenez ?

MONSIEUR

Je comprends !... *(Il baisse la tête.)* Mais ici, au moins, ça n'est pas la même chose ? Vous êtes un homme libre ici ?

LE VOLEUR, *posant son panier
et regardant Monsieur.*

Libre !... Non, sérieusement ?... Et vous, est-ce que vous l'êtes, libre ?

MONSIEUR

Que voulez-vous dire ?

LE VOLEUR, *après l'avoir regardé un moment
et reprenant son travail.*

Si vous n'avez pas compris, alors, je n'ai rien dit.

MONSIEUR, *après une courte hésitation.*

Vous voulez parler... de la société en général ?... Ou de ma femme ?

*Le Voleur se tait.
Un temps.*

Vous trouvez qu'elle vous tyrannise ?... Qu'elle *nous* tyrannise ?... Voyez-vous, pour moi, j'y suis tellement habitué que... je ne m'en aperçois même plus !... Pour vous, c'est autre chose.

*Le Voleur se tait.
Un temps.*

Elle dit pourtant... que, si elle vous... rudoie un peu, c'est pour votre bien... qu'elle veut vous distraire, vous empêcher d'avoir vos idées noires, vous aider à oublier...

LE VOLEUR, *ironique.*

C'est fou, ce que le travail manuel aide à oublier ! *(Haussant les épaules :)* Allons donc ! C'est juste le contraire : plus les mains sont occupées, plus la tête travaille !

145

MONSIEUR

Vous n'avez pourtant plus rien à craindre : tout le monde, dans le village, croit que vous êtes notre cousin ! Le cousin Auguste !... Quand les gendarmes sont passés par ici, récemment, vous savez, à cause des vols que l'on a signalés dans le pays...

LE VOLEUR, *levant la tête.*

Ah ! Ils sont venus, à cause des vols ?

MONSIEUR

Oui. Je ne vous en ai même pas parlé. Vous étiez en ville ce jour-là.

LE VOLEUR, *négligemment.*

Et... qu'est-ce qu'ils ont dit ?

MONSIEUR

Eh bien... rien du tout, justement ! Ils sont passés par acquit de conscience. Mais ils n'ont même pas osé nous demander des renseignements sur vous...

LE VOLEUR, *amer.*

Ils ont eu bien tort !

MONSIEUR

Vous êtes trop pessimiste ! Mais je vous comprends : vous ne vous sentez pas vraiment à votre aise, ici.

LE VOLEUR, *résigné.*

Au point où j'en suis ! *(Geste de découragement.)* Admettons que je n'aie rien dit. Je fais de mon mieux pour vous contenter... pour vous remercier de m'avoir accueilli...

MONSIEUR, *après un temps.*

C'est vrai que les choses ont rudement changé depuis que vous êtes chez nous ! Vous en abattez une besogne : jardinier, cuisinier, menuisier, vannier... *(Après un temps et comme ayant peur de le froisser :)* serrurier ! vous savez tout faire !

LE VOLEUR

Oh ! N'exagérons rien !

MONSIEUR, *s'asseyant à côté de lui.*

Ma foi, je vais vous dire toute la vérité...

LE VOLEUR, *avec un léger sursaut.*

Comment ?

MONSIEUR, *continuant.*

Oui. Eh bien, au début, je vous avoue que je n'étais pas enchanté de cette histoire ! Non, je ne trouvais pas ça tout à fait à mon goût... je ne vous froisse pas, au moins ?

LE VOLEUR, *très homme du monde.*

Mais pas du tout, voyons !... Je vous en prie, continuez !

MONSIEUR

Je me disais : tout ça n'est pas normal... Vous me comprenez ?

LE VOLEUR

Parbleu !

MONSIEUR

Et puis, petit à petit, en voyant comme les choses s'arrangeaient, là... entre nous trois, en voyant surtout

147

comme ma femme est transformée !... car elle est transformée, vous savez ?

Ah oui ?

MONSIEUR

Ce n'est plus la même femme ! Plus de terreurs nocturnes ! Plus de ces langueurs, de ces tristesses vagues !... Elle est vive, résolue...

LE VOLEUR

En effet, en effet !

MONSIEUR

Enfin, bref, quand je vois tout cela... et cette espèce de prospérité, oui, c'est le mot : cette prospérité qu'il y a maintenant ici... vous ne trouvez pas ?

LE VOLEUR, *comme inquiet.*

Que voulez-vous dire ?

MONSIEUR

Pensez donc ! Tout ce que vous savez faire dans la maison, le jardin, eh bien, cela se voit ! Les volets sont repeints, les serrures huilées, les allées ratissées ! Un tas d'améliorations !... Moi, je commence à me faire vieux, je ne pouvais pas être partout.

LE VOLEUR, *poli.*

Bien entendu... Pourtant vous vous donnez aussi beaucoup de mal. Vos légumes sont excellents.

MONSIEUR, *très digne.*

Je vous remercie... Enfin, quand je pense à tout cela, quand je mesure le chemin parcouru depuis trois mois, alors voyez-vous, je commence presque à prendre goût à cette vie... *(Un temps.)* Mais, il n'y a qu'une chose que je supporte difficilement, c'est...

LE VOLEUR

C'est quoi ?

MONSIEUR

C'est — mais vous n'allez pas vous formaliser ?

LE VOLEUR

Non, non, parlez sans crainte !

MONSIEUR

C'est la façon dont ma femme vous... utilise !

LE VOLEUR, *avec une ironie à peine sensible.*

C'est pour mon bien, vous l'avez dit vous-même !

MONSIEUR, *secouant la tête.*

Non, un tel accaparement ! Ce despotisme !... Voyons : un jeune homme de votre âge ne devrait plus se laisser conduire ainsi par une femme ! Vous n'êtes plus un collégien, que diable !

LE VOLEUR

Que voulez-vous : je suis « le coupable » ! Et je serai toujours le coupable !

MONSIEUR, *avec une bonhomie bourrue.*

Ah ! vous voulez parler de... la tentative de ?... Vieille histoire ! Une peccadille ! Ce n'est pas une raison pour s'humilier ainsi ! Un peu de cran, que diable !

LE VOLEUR, *pitoyable.*

J'essaie, Monsieur Redadon, j'essaie ! Mais... *(Geste de lassitude.)* Vraiment, je suis à bout de force, de...

> *À ce moment, Madame Redadon apparaît derrière la grille, pousse la porte et, toute pimpante, entre dans le jardin.*
> *Elle est vêtue de couleurs voyantes et criardes : un fichu rouge, un corsage vert, une ombrelle mauve à la main. Elle parle avec une prétention comique.*

MADAME, *avec jovialité.*

Que font ces messieurs ?... Ils devisent ?

MONSIEUR, *se levant.*

J'allais arroser.

MADAME

Mais tu sais bien que c'est Auguste qui doit arroser le potager !

MONSIEUR, *doux, mais ferme.*

Je regrette, mais je tiens à arroser moi-même les semis.

MADAME, *surprise de cette rébellion,*
le regardant attentivement.

À ton aise !... Et vous, Auguste, ça va, cette corbeille ? Quand sera-t-elle finie ?

Dans un jour ou deux. Vous savez, c'est un travail minutieux !

MADAME, *se penchant et regardant le travail.*

Eh bien ! C'est un joli début ! Bravo ! Mais, en voilà assez pour aujourd'hui ! Vous allez vous fatiguer les yeux. Tenez, allez donc me scier un peu de bois... *(Avec affectation :)...* pour que je puisse tout à l'heure activer la cuisson des aliments du repas du soir. Cela vous fera faire de la gymnastique. Allez, mon garçon !

> *Le Voleur, docile, va ranger son attirail de vannerie sous l'auvent et se retire vers la gauche.*
> *En passant près de Monsieur, qui se tient debout et immobile d'un air méditatif, il lui lance un long regard.*
> *Madame sort de son sac un petit éventail et s'évente, tout en allant et venant.*

MONSIEUR, *avec tristesse.*

Marie ! Qu'est-ce qui se passe ?... Tu m'entends ?... Je ne te reconnais plus, Marie !

MADAME

Appelle-moi désormais Justine, veux-tu ? C'est mon second nom, il me plaît davantage.

MONSIEUR

Marie ou Justine, comme tu voudras, il faut que je te parle sérieusement !

MADAME, *comme si elle n'avait pas entendu.*

Que penses-tu de ma nouvelle robe ? C'est la fille du boucher qui me l'a faite. Cette fille est excellente pour les deux-pièces. Par contre, pour les peignoirs, j'aime mieux la petite du Comptoir d'Alimentation.

MONSIEUR, *tristement.*

Voyons, Marie !...

MADAME

À propos ! Va donc me chercher mon déshabillé de jardin, veux-tu ? Il est dans le placard du living-room.

MONSIEUR, *haussant les épaules.*

Le « living-room » ! C'est la cuisine que tu appelles ainsi ?

Résigné, Monsieur va dans la cuisine et en rapporte le peignoir.
Pendant ce temps, Madame a retiré sa jupe et son corsage et montre des dessous démodés : jupon, corset, etc.

Tu es folle ! Si Auguste te voyait !

MADAME

Qu'est-ce que ça ferait ? Il est comme un fils pour moi, maintenant.

MONSIEUR, *l'aidant à passer son peignoir.*

Justement, on ne se déshabille pas devant son fils !

MADAME, *avec dédain !*

Ce que tu peux être conservateur ! Et bourgeois !

MONSIEUR, *avec une fermeté inhabituelle.*

Tu vas t'asseoir là et tu vas m'écouter.

MADAME, *s'asseyant dans un des fauteuils,*
avec un air à la fois insolent et résigné.

Je t'écoute, mon ami ! Qu'as-tu à me dire ?

152

MONSIEUR

J'ai à te dire que nous avons commis une grave erreur lorsque nous avons accueilli ce... malheureux sous notre toit !

MADAME

Et pourquoi donc, s'il te plaît ?

MONSIEUR

Parce que au lieu de le « sauver » comme tu le croyais, nous lui avons fait le plus grand mal... Si, si, crois-moi !

MADAME, *étonnée.*

Qu'est-ce qui te prend soudain de parler ainsi ? Je te croyais satisfait de notre nouvelle vie !

MONSIEUR

C'est-à-dire que... comme à toi-même, il ne me déplaît pas d'avoir de l'aide.

MADAME

Alors ?

MONSIEUR

Mais, que veux-tu, je suis un homme, je me mets à la place de ce garçon, et je trouve que tu abuses de sa faiblesse, de sa patience, de sa jeunesse, de son incroyable docilité...

MADAME

Est-ce qu'il se plaint ?

MONSIEUR

Euh... enfin... pour ainsi dire... euh...

MADAME

Et toi, est-ce que tu as à te plaindre de cet état de choses ?

MONSIEUR

Je n'ai pas dit cela.

MADAME

La maison n'est-elle pas mieux tenue, depuis qu'il s'en occupe ? Ne nous dispense-t-il pas de certains travaux fatigants qui n'étaient plus de notre âge ?

MONSIEUR

Je n'en disconviens pas.

MADAME

N'avons-nous pas, grâce à lui, plus de temps pour nous promener, pour nous reposer, pour rêver ?

MONSIEUR

Évidemment ! Nous satisfaisons, — oh ! à peu de frais ! — un vieux rêve bourgeois : nous avons du « personnel » sous nos ordres !

MADAME, *avec prétention.*

Tu peux même dire le mot, va : nous avons « des » domestiques... car Auguste, à lui seul, est notre cuisinier, notre bûcheron, notre jardinier... notre bonne à tout faire !

MONSIEUR, *coupant court.*

Je sais, je sais ! tu le lui fais assez comprendre ! Sans aucun ménagement ! Et c'est cela, vois-tu, qui me révolte. Humilier ainsi un homme ! Même un petit voleur ! Cela passe les bornes !

MADAME

Au lieu de jouer les don Quichotte, tu ferais mieux d'essayer de comprendre.

MONSIEUR

Comprendre quoi ?

MADAME

Mais la mentalité d'un... d'un ancien voleur !

MONSIEUR, *ironique.*

Tu t'y connais donc tellement ?

MADAME

Ne comprends-tu pas que je le « tiens », pieds et poings liés ?

MONSIEUR

Parce que nous gardons le secret sur lui ?... Je voudrais bien savoir lequel de vous deux « tient » l'autre ?

MADAME

Réfléchis un instant : s'il s'évadait d'ici, que deviendrait-il ? Il serait vite repris par la police et, adieu la liberté !

MONSIEUR

Si tu appelles liberté la vie qu'il mène ici, sortant le moins possible de ce jardin !

MADAME

En tout cas, si notre propriété est une prison, on y est quand même plus à l'aise que dans une cellule, je t'assure, et la nourriture y est meilleure !

Comment peux-tu comparer, ma pauvre Marie !

MADAME, *butée.*

Je sais ce que je dis. Sans compter qu'en plus, eh bien, je lui ai rendu la santé morale !

MONSIEUR

Ah vraiment ? Et comment cela ?

MADAME

Tu le sais parfaitement, puisque tu as été d'accord dès le début : en lui confiant la... somme qu'il venait de nous voler et en lui demandant de la faire « fructifier ». *(Elle s'épanouit sur ce mot avec une sorte de gourmandise.)* C'était risqué, je le reconnais, mais le résultat est inespéré : songe qu'il a presque fait quadrupler cette somme en trois mois !

MONSIEUR, *soupçonneux.*

Je voudrais bien savoir par quel moyen ?

MADAME, *mystérieuse.*

Ça... c'est son secret !

MONSIEUR

Mais encore ?

MADAME

Je ne sais pas, moi : en faisant de la vannerie et en vendant ses paniers...

MONSIEUR, *rêveur.*

Comme c'est curieux ! Il me disait, à l'instant même, que ce travail-là lui rappelait le régime pénitentiaire !

MADAME, *brusquement émue.*

Ah, il te disait ça ?... l'ingrat !

MONSIEUR, *faussement naïf.*

Ingrat, pourquoi donc ? Ce n'est pas toi qui lui fais ses paniers, je suppose ?

MADAME, *pensant à autre chose.*

Bien sûr que si ! *(Se reprenant :)* Qu'est-ce que je dis ? Non, bien sûr, ce n'est pas moi qui lui fais ses paniers, mais c'est moi, enfin c'est nous qui...

MONSIEUR, *l'interrompant avec ironie.*

C'est nous qui lui fournissons l'osier du jardin, n'est-ce pas ? Mais alors, dis donc, nous devrions avoir une part sur les bénéfices ?

MADAME, *étourdiment.*

Bien sûr !

MONSIEUR, *sursautant.*

Comment, bien sûr ?

MADAME, *paraissant assez embarrassée.*

Enfin, je veux dire... *(Regardant vers la gauche.)* Taisons-nous, le voici !

> *Auguste arrive en effet, se dirigeant vers la cuisine et portant un panier rempli de bois coupé.*

MONSIEUR, *insistant.*

J'aimerais beaucoup, si tu veux bien, reprendre avec toi cette conversation... « d'affaires »... En attendant, je vais au village. Je vous laisse.

157

MADAME, *d'un air désinvolte.*

Tu ne vas pas du côté de la gendarmerie ?

MONSIEUR, *surpris.*

Non. Pourquoi cela ?

MADAME

Rien. Parce que tu serais passé devant la crémerie et...

MONSIEUR, *riant.*

Et je lui aurais commandé pour toi une robe du soir ? Eh bien, tu t'en occuperas toi-même, veux-tu ?

> *Monsieur disparaît par la grille du jardin, qu'il laisse ouverte.*
> *Madame le suit des yeux un moment. Elle paraît inquiète et énervée.*
> *Auguste sort de la cuisine, ayant posé sa charge de bois.*
> *Madame se lève, ajuste sa toilette et, mêlant un air de dignité offensée à une discrète coquetterie :*

MADAME

Auguste !

LE VOLEUR

Voilà !

MADAME

Auguste, venez ici !

LE VOLEUR

Tout de suite !

> *Il arrive très lentement.*

*Madame s'assied et le toise. Le Voleur s'apprête à
s'asseoir aussi : elle l'arrête.*

MADAME

Non, non, restez debout un moment, je vous prie.

Le Voleur a un imperceptible mouvement d'épaules.

LE VOLEUR, *prêt à l'insolence.*

Vous... vous passez la revue de détail ? *(Élevant et
montrant ses deux mains :)* Les mains vides ! Le détenu doit
rendre ses outils au gardien après usage.

MADAME

Auguste ! Ce tour d'esprit ne me plaît pas, pas du tout,
vous m'entendez ? Qu'est-ce que c'est que ce genre ? Vous
vous plaignez maintenant ?

*Le Voleur ne répond pas. Mais on distingue, dans
son attitude, dans ses épaules et dans son dos,
l'affaissement soudain de l'humiliation douloureuse-
ment acceptée — et aussi une immense fatigue.*

MADAME, *sévère.*

Je vous rappelle que, quand vous êtes jardinier, vous devez
mettre votre tablier bleu !... Allez le chercher !

*Le Voleur passe derrière elle et va mettre son tablier
bleu qu'il prend sous l'auvent.
Il revient et passe tout près d'elle.*

MADAME, *pointant l'index
sur la poche de devant de son tablier.*

Qu'est-ce qu'il y a, là ?

LE VOLEUR

C'est mon sécateur.

Faites voir !

> *Il s'approche. Elle plonge résolument sa main dans la poche et en retire effectivement un sécateur ainsi qu'un peloton de ficelle.*

C'est bon.

> *Il s'éloigne et va se poster en face d'elle, tournant à moitié le dos au public.*

Regardez-moi dans les yeux : allez me chercher la pince-monseigneur !

LE VOLEUR, *d'un air sournois.*

Pourquoi ?

MADAME

Vous savez bien que j'y tiens, qu'elle est un souvenir ! Au surplus, chaque fois que... que nous nous en sommes servis... vous devez me la rendre... pour le Rite du Premier Soir !

LE VOLEUR, *buté.*

Je l'ai perdue.

MADAME

Il faut la retrouver, *il faut,* entendez-vous !... *(Un temps, puis changeant de ton, presque câline :)* Auguste, mon petit Auguste, soyez gentil : pensez à nos cérémonies !

LE VOLEUR

Avons-nous vraiment besoin de la pince-monseigneur pour nos... commémorations ?

MADAME

Vous savez bien que oui, voyons ! Mon mari n'a plus que le revolver. La pince-monseigneur, elle aussi est nécessaire.

LE VOLEUR, *ferme.*

Je regrette, mais je n'y puis rien.

Un temps.

MADAME

Qu'avez-vous fait, cet après-midi ?

LE VOLEUR

Vous l'avez vu : de la vannerie.

MADAME

Mon mari est venu causer avec vous ?

LE VOLEUR

Oui, nous avons bavardé un peu...

MADAME

De quoi ?

LE VOLEUR

De choses et d'autres.

MADAME

Qu'est-ce que ça veut dire, ça : « de choses et d'autres » ? Ça ne veut rien dire du tout !

LE VOLEUR, *haussant les épaules.*

Comment vous raconter une conversation à bâtons rompus ?... *(Soudain excédé :)* Et puis, j'en ai assez, j'en ai assez ! C'est ridicule de m'interroger ainsi, comme un collégien... *(Comme répétant une leçon apprise :)* Un homme de mon âge !

MADAME, menaçante.

Attention, Auguste ! C'est très grave : voilà des mots qui sonnent faux dans votre bouche ! Ce ne sont pas des mots à vous ! Qui vous les a appris ?

LE VOLEUR

Mais personne, voyons !... Que me voulez-vous ?...

MADAME

C'est bon ! J'ai tout compris... Mais un conseil : vous avez tort de vous fier à mon mari !... Et rappelez-vous, je vous prie, qu'il aurait pu vous tuer ! D'ailleurs, il était dans le cas de légitime défense !

LE VOLEUR, sombre.

Vous me dites cela tous les jours ! *(Dans une explosion soudaine.)* Que ne l'a-t-il fait, bon sang ! Je n'en serais pas réduit à... *(Avec mépris :)* ça !

MADAME, avec une affectueuse
mais inflexible sévérité.

Auguste, mon garçon, vous êtes un ingrat ! Vous avez besoin qu'on vous rafraîchisse les idées ! Nous aurons tout à l'heure une cérémonie *complète* et, en attendant, vous allez me montrer vos comptes !... Allons, j'attends !

Le Voleur sort à regret un carnet de sa poche.

MADAME, désignant un fauteuil.

Asseyez-vous là, à côté de moi ! Maintenant, vous êtes mon expert-comptable ! Retirez votre tablier et allez chercher votre veston.

162

Le Voleur quitte son tablier en soupirant et va chercher sa veste sous l'auvent.

Voyons :

Il lui tend le carnet ouvert. Elle le tend et le regarde attentivement. Soudain inquiète :

Allez donc voir s'il ne vient personne.

Le Voleur va à la grille qui est restée ouverte. Il semble apercevoir quelqu'un vers la droite et, après avoir regardé si Madame ne le suit pas, il sort sur la route, reste absent pendant un court instant et revient en courant sur la pointe des pieds.

LE VOLEUR, *cachant son essoufflement.*

Non... non... personne !

Il revient s'asseoir à côté d'elle en comprimant les battements de son cœur et en essayant de dissimuler qu'il vient de courir.

MADAME, *qui a continué pendant ce temps à examiner le carnet, levant les yeux.*

Qu'est-ce que vous avez ? Vous êtes tout pâle !

LE VOLEUR

Mon cœur... une crise... Ce n'est rien !

MADAME, *laissant enfin percer sa sollicitude.*

Il faut vous soigner, entendez-vous !... Je vous ai fait de la peine, tout à l'heure ? Je vous demande pardon.

LE VOLEUR, *accablé.*

Je suis à bout de forces... J'ai toujours été fragile, vous le savez !

163

MADAME, *maternelle, lui prenant la main.*

Vous n'avez pas de fièvre ?

> *Le Voleur fait signe que non, de la tête, et retire sa main.*

Vous aurez du bouillon de poulet ce soir. Et du riz à la crème, c'est léger.

LE VOLEUR, *au comble du désespoir,*
à voix basse, presque dans un souffle.

Merci... Merci bien !

MADAME, *changeant de ton.*

J'ai regardé vos comptes : c'est très bien. *(À voix plus basse :)* Comment a marché la dernière... opération ?

LE VOLEUR, *avec mépris.*

Pourquoi chuchoter ? Vous avez toujours peur de quelque chose. Il n'y a personne dans le jardin.

MADAME

J'ai toujours un peu d'appréhension... Vous comprenez !

LE VOLEUR, *haussant les épaules.*

Vous avez tort... Vous n'avez rien à craindre... *vous !*

> *À ce moment, Monsieur apparaît sans bruit à la grille restée ouverte. Il s'avance lentement, sur la pointe des pieds, jusqu'au bord du mur de la grange ouverte et tend la tête pour écouter la conversation de sa femme et du Voleur.*
> *Madame reprend un ton de voix normal, mais elle restera inquiète.*

MADAME

C'est que cela pourrait paraître si... anormal... ce que je vous fais faire !

LE VOLEUR, *amer et ironique.*

Cela « pourrait » en effet !

MADAME, *comme pour se rassurer elle-même.*

En réalité, ce n'est pas si anormal que ça, n'est-ce pas ? Ce n'est qu'une revanche sur mes voisines, ces affreuses pimbêches !... *(Se montant :)* Des mijaurées ! des rien-du-tout ! qui se croyaient d'une autre race que moi ! qui me fermaient au nez la porte de leurs villas, ou ne me rendaient pas mes visites !... Grâce à vous, Auguste, j'avais une belle occasion de me venger ! Et j'aurais eu tort de m'en priver !...

Le Voleur se tait.

Vous ne trouvez pas ?...

Le Voleur la regarde sans mot dire.

Revenons à nos comptes ! Alors, à la Villa des Aubépines, tout a bien marché ?

LE VOLEUR

Oui, sauf que le chien a grogné un peu. Mais il me connaît ; alors je l'ai flatté de la main, il s'est arrêté... et même, il m'a suivi docilement dans le salon.

MADAME

Quelle a été la... récolte ?

LE VOLEUR

Pas grand-chose. Beaucoup de faux. Tout de même une bague en platine, deux broches en or, un brillant pas trop vilain...

MADAME

Et ça représente ?

LE VOLEUR, *montrant une page de carnet.*

C'est marqué là.

MADAME, *lisant.*

Ah, je vois : « Livré trois corbeilles osier : total 5 000... »
(Stupéfaite :) C'est tout ce que ça a rapporté, cinq mille
francs ?

LE VOLEUR

Vous savez bien qu'il faut s'en débarrasser vite et à bon
compte ; mon copain de la ville reprend la marchandise au
quart de son prix... et encore, à peine !

> *Pendant ces dernières répliques, Monsieur a donné
> des signes visibles d'effarement, et même de suffoca-
> tion.*
> *Il entrouvre le col de sa chemise pour mieux
> respirer, toussote et se montre hardiment.*
> *Madame est saisie de frayeur.*
> *Le Voleur semble beaucoup moins surpris.*

MADAME, *se levant précipitamment
et laissant tomber le carnet par terre.*

Ah, c'est toi ?

MONSIEUR, *se baissant prestement
et ramassant le carnet.*

Ça te gêne ?... Qu'est-ce que c'est que ça ?

MADAME

Le carnet de comptes d'Auguste... Ses petites ventes... sa
vannerie...

MONSIEUR, *d'un ton assez inquiétant.*

Ah oui, sa « Vannerie » ! Ce métier de prison !

MADAME, *se ressaisissant.*

Puisque tu es là, je vais vite préparer le dîner.

> *Elle s'échappe et rentre dans la cuisine, où on l'entendra fourgonner divers ustensiles, fourneau, casseroles, etc.*

MONSIEUR, *toujours ironique.*

Tu veux dire que tu vas donner des ordres à ta cuisinière ?

> *Le Voleur, pendant tout ce temps, n'a pas bougé. Monsieur et lui paraissent saisis du même accablement et vont parler à voix basse, anxieusement.*

LE VOLEUR

Alors ? Vous avez compris ?

MONSIEUR, *geste des bras.*

Incroyable !

LE VOLEUR

C'est ma faute. J'ai accepté... Faites de moi... ce que vous voudrez !

MONSIEUR, *durement.*

Vous, c'est clair : vous faire coffrer. Mais elle...

LE VOLEUR, *cinglant et cynique.*

Pas si simple : nous sommes liés tous les deux... tous les trois... si vous parlez, je parle aussi.

MONSIEUR, *avec une ingénuité cruelle.*

Ah ! Que ne vous ai-je tué le premier soir ! C'était merveilleux. Un cas de légitime défense !

LE VOLEUR, *tristement.*

C'est la troisième fois aujourd'hui qu'on me le dit !... Mais... vous ne pourrez pas réussir une deuxième fois ce que vous avez raté la première !

MONSIEUR

Et pourquoi ça ?

LE VOLEUR, *de plus en plus sinistre.*

J'ai pris... certaines déterminations.

MONSIEUR

De mieux en mieux ! Alors c'est vous qui avez l'intention de...

LE VOLEUR, *avec une sorte
de condescendance lointaine.*

Ne vous inquiétez pas ! Tout ira pour le mieux.

MONSIEUR, *avec angoisse.*

Qu'est-ce que ça veut dire, ça ?... Vous n'allez tout de même pas nous...

> *À ce moment, Madame reparaît. Elle feint d'être paisible et naturelle, pour cacher un trouble que l'on sent percer à certaines intonations, ainsi qu'à sa façon de surveiller à la dérobée les deux hommes, comme si elle soupçonnait qu'ils trament quelque chose contre elle.*

MADAME, *sur le seuil de la cuisine,*
une casserole à la main.

Mes amis, j'ai une proposition à vous faire.

> *Les deux hommes se taisent.*
> *D'une voix un peu moins assurée :*

Il y a longtemps que nous n'avons pas joué le Rite du Premier Soir. Si on jouait, là, tout de suite, avant de dîner... pendant que ma soupe cuit ?

> *Silence gêné des deux hommes qui se regardent à la dérobée.*
> *Avec une nervosité croissante :*

Vous ne répondez pas, non ?... Bon ! Eh bien qui ne dit mot consent... *(À l'intention du Voleur :)* Et il y a ici un ingrat... qui a besoin qu'on lui rappelle d'où on l'a sorti... Je mets du bois au feu et j'arrive.

> *Elle rentre dans la cuisine.*

MONSIEUR, *à voix basse.*

C'est absurde ! Il faut nous y opposer !... Cette honteuse mascarade, quand on sait ce qu'elle dissimule !...

LE VOLEUR, *à voix basse*
et se prenant la tête à deux mains.

Je n'en peux plus !... Je n'en peux plus !... Mais il faut accepter, toujours accepter !... Et quelle bonne occasion d'en finir !

MONSIEUR, *à vois basse, furieux.*

Sachez que je ne vous laisserai pas faire ! Ne vous imaginez pas que nous allons nous laisser égorger comme ça !

LE VOLEUR, *à voix basse, riant d'un rire nerveux.*

Vous ne comprenez pas ! Acceptez donc ! Et ne vous énervez pas !

> *Madame sort de la cuisine, assez agitée.*
> *À partir de ce moment, tandis que le soir commence à tomber, les trois personnages semblent agir en rêve, ou comme des somnambules.*

Il est temps, je prends mes accessoires.

> *Il va au fond de la grange ouverte, fouille sous le matelas de son lit de camp et en sort la sacoche du 1er acte. La sacoche paraît vide.*

MADAME

Mais elle est vide, la sacoche ! Mettez quelque chose dedans !

> *Le voleur se baisse, prend une brassée de feuilles et de branches mortes qu'il fourre dans la sacoche pour la faire paraître pleine.*
> *Pendant ce temps, Monsieur a poussé les deux fauteuils côte à côte, au premier plan.*

MONSIEUR, *grommelant.*

C'est grotesque, grotesque !

MADAME, *sans entendre.*

Tout est-il prêt ? Nous commençons ?

MONSIEUR, *haussant les épaules.*

Allons ! Et que la plaisanterie ne dure pas trop longtemps !

LE VOLEUR, *avec gravité.*

Ce n'est pas une plaisanterie, vous savez : c'est *très* sérieux.

MADAME

C'est très sérieux, c'est un rite !

LE VOLEUR, *à Madame.*

Par quoi est-ce que je commence ?

MADAME

Comme toujours : vous êtes dehors, vous vous introduisez dans le jardin en sautant le mur.

LE VOLEUR, *timidement.*

Est-ce que je peux modifier un peu le... scénario ?

MADAME, *gravement.*

Ça dépend.

LE VOLEUR

Je me ressens encore de ma blessure. Je voudrais éviter d'escalader la clôture.

MADAME

Bon. Pour cette fois, on vous permet d'entrer par la porte.

LE VOLEUR, *tristement, avec une intention secrète.*

Merci ! Entrer par la porte ! Ça sera une grande satisfaction pour moi !... *(À mi-voix :)* La dernière !

> *Le Voleur sort par la grille restée ouverte et la referme derrière lui.*
> *Monsieur et Madame ne semblent pas avoir pris garde à ce qu'il vient de dire.*
> *Ils se sont assis dans les fauteuils et attendent la suite. Un temps.*

171

MADAME, *à voix basse.*

Allons ! Dis-moi quelque chose ! N'importe quoi !

MONSIEUR, *sur le ton très artificiel du « jeu ».*

Tu ne trouves pas qu'il fait particulièrement bon, ce soir ?

MADAME, *même jeu.*

Non, pas tellement !... Moi, je ne me sens pas très bien

MONSIEUR, *idem.*

Ah ! Qu'est-ce que tu as ?

MADAME, *idem.*

Je ne sais pas. L'air est pesant et j'ai peur !

> *Un temps. Se penchant vers son mari et parlant à voix basse comme un enfant qui s'interrompt de jouer pour donner des indications sur le jeu.*

Rassure-moi ! Dis-moi de bonnes paroles !

MONSIEUR, *ton artificiel.*

Mais voyons tu ne devrais pas ! De quoi as-tu peur ?

MADAME, *exagérant sa propre parodie.*

Tu le sais bien : j'ai peur des voleurs !

> *À ce moment, la porte de la grille grince. Le Voleur la pousse lentement et entre dans le jardin, sur la pointe des pieds.*

MONSIEUR, *avec une voix de théâtre.*

Tu sais bien que de nos jours il n'y a plus de voleurs ! Il n'y a plus que des policiers !

> *Madame ne répond pas.*
> *Un temps.*

MADAME, *à voix basse, ton naturel.*

Qu'est-ce qui se passe ? Il se fait bien attendre... J'aurais dû lui rendre la pince-monseigneur !

MONSIEUR, *même jeu.*

Ne t'inquiète pas, il saura bien retrouver un autre accessoire.

MADAME, *avec un peu d'admiration.*

C'est vrai, il est si adroit !... *(Reprenant sa voix de théâtre :)* N'as-tu rien entendu mon ami ?

MONSIEUR, *intonation fausse.*

Non rien ! Absolument rien !

MADAME, *se prenant à son jeu.*

Il me semblait... avoir entendu des pas... des pas d'homme, sur le gravier !

MONSIEUR, *idem.*

Mais non, c'est le chat, voyons, c'est le chat !

MADAME, *jouant l'angoisse.*

Je t'assure ! Je t'assure, quelqu'un s'approche.

MONSIEUR, *feignant de la rassurer.*

Mais non ! Tu rêves, je suis là ! N'aie peur de rien !

Le Voleur monte lentement l'escalier extérieur.

MADAME, *jouant crescendo.*

Si ! Si ! Il y a un homme, là... qui monte l'escalier !

173

Le Voleur, arrivé en haut de l'escalier, entre dans la loggia.

MONSIEUR, *voix de théâtre.*

En effet, tu as raison : j'entends quelqu'un qui marche là-haut.

MADAME, *à voix basse, ton naturel.*

Mais non, tu ne « dois » pas encore l'entendre !

MONSIEUR, *rectifiant, d'un ton faux.*

Non, non, je n'entends personne !

Le Voleur traverse la loggia sans bruit, et, en passant, sentimental, cueille une fleur de glycine.

MADAME, *ton théâtral.*

La glycine vient de lancer son parfum ! Comme chaque fois que l'on passe près d'elle !

MONSIEUR, *se parodiant lui-même.*

Il n'y a que moi qu'elle reconnaisse, tu le sais bien !

MADAME, *à voix basse, ton naturel.*

Tu te trompes encore : c'est pour le chat que tu dois dire ça.

Le Voleur entre dans la chambre, reste un instant et ressort, tenant quelque chose à la main droite. Il retraverse la loggia sur la pointe des pieds.
Madame, reprenant le ton théâtral, d'une voix anxieuse, exagérée :

Il me semble que j'ai entendu une porte grincer... et un tiroir que l'on ouvrait !

MONSIEUR, *voix de théâtre.*

C'est le chat, sûrement c'est le chat !

> *Le Voleur redescend l'escalier avec ses gestes légers de danseur ou de pierrot.*

MADAME, *au comble de l'angoisse feinte.*

Maintenant... Je l'entends... qui redescend l'escalier !

MONSIEUR, *très artificiel.*

C'est le vent !... C'est la mer, c'est la montagne !

MADAME, *même ton.*

La mer est loin, mon ami. Il n'y a pas de vent. Pas de montagne... Sûrement c'est un homme qui vient !

MONSIEUR, *voix de rêve.*

Les hommes ne viennent pas : ils s'en vont ! Tu le sais bien !

MADAME, *théâtrale.*

J'ai peur ! J'ai terriblement peur.

> *À ce moment, arrivé en bas de l'escalier extérieur, puis au bord du mur de l'auvent, le Voleur reste un moment immobile. Il retire sa sacoche qu'il avait sur l'épaule et la prend, par la courroie, dans sa main gauche.*
>
> *Il regarde une dernière fois, pathétiquement, le jardin et la maison, puis approche lentement de son cœur le revolver qu'il vient de prendre dans la chambre, tire et s'écroule au 1er plan, près de Monsieur et Madame.*
>
> *La nuit commence à tomber.*

LE VOLEUR, *agonisant et jetant par terre*
le revolver, tandis qu'il tient encore serrée
dans sa main la sacoche.

Vous... m'avez... tué !... Légitime... défense !...

Monsieur et Madame, bouleversés, se lèvent brus-
quement de leur fauteuil. Madame, comme folle,
s'agenouille auprès du Voleur.

MADAME, *criant.*

Mais qu'est-ce qu'il y a !... Mais qu'est-ce qui se passe !...
Mon petit voleur ! Qu'est-ce que tu as fait ?

LE VOLEUR, *secouant la tête.*

Non !... Pas voleur !...

MADAME, *le serrant dans ses bras.*

Mon pauvre petit.

LE VOLEUR, *dictant avec grandeur d'âme*
ce qu'ils doivent dire s'ils sont interrogés.

Vous... ne... saviez pas... que je... volais !... *(Faisant un*
effort pour tendre la sacoche!)... Là-dedans... la pince-
monseigneur... et le portefeuille !...

Il meurt d'un seul coup, comme une marionnette.
Madame, toujours agenouillée, sanglote devant le
corps étendu du Voleur. Un temps.

MONSIEUR, *d'une voix grave, douce, mais impérieuse,*
aidant sa femme à se relever.

Ne reste pas là, voyons !... Et puis tu as entendu...
« légitime défense » ! C'est cela qu'il faudra dire... tout à
l'heure... quand les gendarmes vont venir...

MADAME, *l'air égaré et pitoyable,*
comme ne comprenant pas.

Les gendarmes ?... Les gendarmes ?... Pourquoi les gendarmes ?

Elle s'évanouit.
Monsieur l'étend au pied d'un fauteuil et l'évente avec son mouchoir.
À ce moment, sans avoir été annoncé par aucun bruit, apparaît à la grille le Gendarme. Ses gestes et son attitude sont simples mais conventionnels : il est « Le Gendarme ».
Il s'avance lentement au premier plan et tire de sa poche un carnet et un crayon pour « verbaliser ».
Brusquement — la nuit étant tout à fait tombée —, un éclairage anormal (par projecteurs), un éclairage de songe isole dans son cercle lumineux les quatre personnages, tandis que le reste de la scène est plongé dans l'obscurité.
C'est le rêve que fait Madame Redadon, pendant son évanouissement.
Avec des gestes composés, le Voleur se relève, Madame aussi.
Tous deux, ainsi que Monsieur, vont parler sur un ton étrange, ralenti, avec une voix détimbrée, lointaine, chantante et irréelle, une voix de cauchemar, tandis que le Gendarme — personnage muet — ne participe que par ses gestes à cette sorte de bref ballet parlé.

LE VOLEUR, *s'adressant à Madame sur un ton*
à la fois chantant, affectueux et explicatif,
comme s'il parlait à une enfant pour la rassurer.

Il ne faut plus avoir peur ! Il ne faut plus avoir peur !... Le voleur... c'est le gendarme !... Le gendarme, c'est le voleur !... N'est-ce pas, Gendarme ?

177

Le Gendarme approuve par gestes en dodelinant de la tête avec une dignité polie.

Mais alors ?... Tout est arrangé ?

LE VOLEUR

Tout est arrangé ! Tout le monde est voleur ! Tout le monde est gendarme !

MADAME, *extasiée, avec des gestes enfantins.*

Alors ? Nous partons pour la mer ? Pour la montagne ! Avec nos voisines ! Elles mettront tous leurs bijoux !... *(Elle prend le bras du Voleur :)* Pour notre mariage !... On est riche, riche !... *(À Monsieur :)* Cuisinier ! Vous tuerez tous mes lapins pour le repas de noces !

MONSIEUR, *s'inclinant avec respect.*

Bien sûr, Madame ! Légitime défense !

LE VOLEUR, *comme procédant à une distribution de prix.*

Et chacun aura sa récompense !... Pour le gendarme, la pince-monseigneur !...

Il fouille dans la sacoche, en sort la pince-monseigneur et la donne au Gendarme qui la reçoit avec des marques de gratitude et de respect.

Pour Madame... le portefeuille !...

Il prend également le portefeuille dans la sacoche et le tend à Madame, qui le serre sur son cœur avec ravissement.

Pour Monsieur, le revolver !

Il se baisse, ramasse le revolver et le tend à Monsieur.

MADAME, *s'adressant au Voleur, avec tendresse.*

Et pour toi, mon fiancé ?... Il ne faut pas oublier que tu es mon fiancé ! Tu es un homme, maintenant !

LE VOLEUR

Pour moi ! C'est tout simple !...

Il prend le képi du Gendarme sur la tête de celui-ci et s'en coiffe.

Et voilà !...

Il se frotte les mains avec satisfaction.

MADAME, *très femme du monde,*
se tournant vers le Gendarme.

Gendarme ! Vous mangerez bien une petite serrure avec nous ?

Le Gendarme acquiesce en se penchant avec déférence.

MONSIEUR

Et moi, en attendant, je vais arroser le portefeuille... le portefeuille !

Madame se dirige vers la cuisine, suivie du Voleur et du Gendarme pendant que Monsieur se dirige vers la gauche du jardin.
Mais à peine ont-ils esquissé ce mouvement de scène, que le projecteur s'éteint brusquement.
La scène reste dans l'obscurité pendant un court moment, puis la lumière de l'auvent s'éclaire.
Retour à la réalité. On voit, au centre de la scène, le Voleur et Madame étendus, inanimés, côte à côte, le

179

dos et la tête appuyés aux deux fauteuils de jardin.

Monsieur est agenouillé à côté de sa femme : il se penche sur elle, et colle son oreille sur sa poitrine.

Le Gendarme, debout à côté du Voleur, fait un signe de tête interrogateur. Monsieur secoue la tête avec une infinie tristesse : Madame Redadon est morte.

Fin

Villiers-sous-Grez, 1959.

Cette pièce a été créée le 26 octobre 1983 à Paris, au théâtre Essaion. Mise en scène : Jean-Loup Philippe. Décor : Daniel Louradour. Musique : Jean-Yves Bosseur. Interprètes : Sylvie Artel, Guy Saint-Jean, Frédéric Witta.

Pénombre et chuchotements*

MÉLODRAME À VOIX BASSE

* À première vue, ce titre semblerait rappeler celui d'un film célèbre d'Ingmar Bergman : *Cris et chuchotements.*

Il s'agit, cependant, d'une similitude purement accidentelle : j'ai écrit cette pièce en 1952, donc bien avant que le film ne paraisse sur les écrans français. D'autre part, il n'est pas question non plus, bien entendu, que mon titre ait suggéré quoi que ce soit au grand cinéaste, ma pièce étant restée inédite pendant longtemps.

La seule ressemblance, également fortuite, pourrait être la recherche, par les deux auteurs, d'une certaine dynamique des voix, accordée aux intentions de dialogue.

ADRIENNE, *50 ans.*
GEORGES, *48 ans.*
La monitrice de la « Société Apollon ».
Personnages muets : le Sacristain, quelques fidèles, les
visiteurs.

La scène représente l'intérieur d'une assez vaste église
gothique, ou plutôt une partie seulement de la nef, vue de
biais, le public étant censé tourner le dos à l'autel. Au fond, à
gauche, le grand portail d'entrée, dont on ne voit qu'un des
vantaux, flanqué d'une porte à tambour de cuir noir.

On perçoit au loin la présence de tout le vaisseau de
l'église, par la résonance particulière des bruits qui s'y font
entendre de temps en temps : des pas, une chaise remuée, un
toussotement, une porte qui claque.

La scène est plongée dans une demi-pénombre, sauf au
centre : là, en effet, tombe obliquement la lumière, colorée et
filtrée, des vitraux d'une chapelle latérale que l'on aperçoit à
droite.

À l'entrée de la chapelle, un confessionnal. Au premier et
au second plan, des prie-Dieu, un lutrin, des chaises,

quelques cierges, dont deux allumés au fond, le tout disposé en biais vers le portail, mais les chaises faisant (obliquement) face au public.

Au lever du rideau, l'office du « Salut » prend fin. Il est environ cinq heures de l'après-midi, en été. Il n'y a personne en scène mais on entend des voix d'enfants chanter en chœur (avec maladresse — et quelques fausses notes).

Pendant les dernières mesures de ce chant, arrive Georges, marchant à pas lents. C'est un homme dans la force de l'âge, trapu, un peu lourd, le visage énergique, les cheveux tout blancs. Il est vêtu d'un costume de sport d'étoffe claire. Il porte un imperméable sur son bras.

Il s'assied à quelque distance de la scène (quatrième ou cinquième rang de chaises), consulte l'heure à sa montre et semble se disposer à attendre.

Le « Salut » étant terminé, on entend remuer des chaises dans le reste de l'église. Quelques fidèles (rares à cette heure), partant de la droite de la scène (ou de l'avant-scène) et tournant le dos au public, se dirigent vers le fond de la nef et disparaissent par la porte à tambour.

Aussitôt le dernier fidèle disparu, la même porte à tambour s'ouvre du dehors, lentement, comme poussée par quelqu'un qui hésite à venir, et livre passage à une grande femme, d'une cinquantaine d'années, vêtue de sombre, mais qui a gardé dans son allure une sorte de grâce presque dansante.

Elle s'avance, plus décidée, du côté où se trouve Georges et, arrivée juste derrière lui, — à un rang de chaises ou deux, — elle s'arrête.

Nota : Il est très important de trouver — pour le dialogue qui va avoir lieu entre les deux personnages —, un ton de voix qui, sans nuire à l'intelligibilité, soit un équivalent aussi approché que possible de l'intonation de gens parlant « à voix basse » dans une église. Cette intonation, en général, doit être détimbrée de façon à donner l'impression du chuchotement mais, bien entendu, elle est susceptible de variations d'intensité suivant les phases du dialogue. Parfois même les voix monteront à des sortes d'éclats sourds, aux instants les plus pathétiques, pour reprendre ensuite un ton en dessous.

GEORGES, *à voix très basse et sans tourner la tête.*

Est-ce vous, Adrienne ?

ADRIENNE, *même ton, après un silence.*

On m'a remis votre lettre... Moi aussi, j'ai eu envie de vous revoir. Et pourtant...

GEORGES

Et pourtant ?

ADRIENNE, *avec, dans la voix,*
une nuance de reproche.

Je n'aurais pas dû venir, Georges.

GEORGES, *regardant toujours droit devant lui.*

Avez-vous donc changé à ce point ? Avez-vous peur de nos visages ?

ADRIENNE

Pourquoi m'avoir donné rendez-vous ici ?

GEORGES

Nous verrons moins nos rides, nos cheveux blancs !...

ADRIENNE

Croyez-vous donc que je sois devenue si vieille, Georges ?

GEORGES, *avec une légère ironie, presque tendu.*

Ah ! Enfin un mot parti du cœur ! *(Il se lève et va au-devant d'elle.)* Allons, venez ici ! Dans la lumière des vitraux. Montrez-moi ce qui reste de vos dix-sept ans !

ADRIENNE

Dix-sept ans, non ! J'étais, je suis un peu plus âgée que vous, Georges, vous le savez bien !

> *Il attire Adrienne vers la chapelle, sous la lumière des vitraux et, lui prenant les deux mains, la dévisage longuement. Adrienne se laisse faire avec un sourire triste. Ils restent ainsi debout un moment l'un en face de l'autre.*

GEORGES, *secouant la tête.*

Je ne veux pas être dur, Adrienne, mais il me faut du temps pour vous retrouver !...

ADRIENNE, *avec un soupir.*

Oui : tout le temps qui s'est écoulé entre nous !... Mais vous, Georges... *(Elle le dévisage encore et s'arrête, comme hésitante)...* C'est drôle, je vais être dure aussi, mais d'une façon différente. Je vous trouve plutôt... « mieux » que vous n'étiez !...

GEORGES

Ah ! Je vous reconnais tout à fait, maintenant : vous êtes contente d'une méchanceté que vous venez de dire...

ADRIENNE, *étonnée.*

Pourquoi une méchanceté ? C'est plutôt gentil !

GEORGES, *durement.*

Non !... *(Changeant de ton brusquement :)* Faites voir votre main, votre belle longue main, qui me plaisait tant, dont je rêvais la nuit !

> *Il élève la main droite d'Adrienne, la fait jouer un moment dans la lumière des vitraux.*

Un col de cygne !... Vrai, les mains vieillissent moins que les visages !... Qu'a-t-elle fait, cette main, pendant tant d'années ?

ADRIENNE

Elle a beaucoup peiné, Georges. Une main de ménagère, de mère, de grand-mère !

GEORGES

Hum ! N'y a-t-il eu que cela ? Ce sont des mains bien douces !

> *Il lui caresse les deux mains.*

ADRIENNE, *regardant avec inquiétude autour d'elle.*

Faites attention ! On pourrait nous surprendre !... Georges, je vous le demande : pourquoi après tout ce temps... ?

GEORGES

Après trente-huit ans, exactement !

ADRIENNE, *continuant.*

Pourquoi m'avoir donné rendez-vous ici, dans cette église, qui est « mon » église, où je viens prier souvent ?

189

GEORGES, *avec une ironie désagréable.*

Quoi, dans vos vêtements sombres, et sous vos cheveux blancs, vous craignez encore que l'on médise de vous ? Votre cœur est donc resté bien jeune ? Ou bien serais-je encore si séduisant ?

ADRIENNE

Ne plaisantez pas, Georges. Je suis une mère de famille. Je suis estimée dans cette ville. Je ne voudrais pas que...

GEORGES, *avec brusquerie.*

Allons, mère de famille, viens t'asseoir dans la pénombre, à côté de moi...

> *Sans lâcher sa main, il entraîne Adrienne hors de la lumière des vitraux, au premier plan. Ils s'assoient côte à côte, au premier rang des chaises.*

ADRIENNE

La pénombre ne suffit pas. Tout résonne terriblement ici. Il ne faut pas parler trop fort.

GEORGES, *haussant les épaules.*

Allons donc, qui peut nous entendre ! Soyez raisonnable : dans cette petite ville de province, dans « votre » petite ville, où donc aurais-je pu vous parler seul à seule, sinon ici, dans « votre » église ?... Et puis tenez. *(Il fait mine d'écouter, le doigt levé. Le silence, à ce moment, est total.)* Quel silence ! N'est-ce pas le lieu de recueillement, des souvenirs, des fleurs séchées... et aussi *(désignant le confessionnal avec une ironie assez âpre)* de la « confession » ?

ADRIENNE

Que voulez-vous de moi, Georges ! Il y a dans votre voix quelque chose d'amer, quelque chose de... désagréable, que je ne vous connaissais pas... et qui me fait un peu peur !

190

GEORGES, *avec un léger rire.*

À mon tour de rire, Adrienne ! Vous n'avez connu qu'un adolescent — presque un enfant —, vous retrouvez un homme mûr, et cela vous surprend ?

ADRIENNE, *attendrie*
et comme délivrée d'une inquiétude.

C'est vrai. Vous étiez un tout jeune homme, alors que j'étais déjà... *(elle hésite)* une vraie jeune femme.

GEORGES, *vivement.*

Vous ? Allons donc ! Vous n'étiez qu'une enfant, vous aussi ! Mais d'une autre espèce... Une enfant avertie de bien des choses... Une enfant, comment dire, presque cynique !...

ADRIENNE, *comme se hâtant de prendre les devants.*

Vous savez, Georges : je ne suis plus l'Adrienne... un peu folle... que vous avez connue. Oui, j'étais très jeune ; si la jeunesse peut excuser bien des choses ! Depuis, j'ai perdu des êtres chers, j'ai connu des moments difficiles, j'ai lutté, travaillé, souffert. Mais Dieu m'a consolée, et m'a sauvée. Il est mon réconfort désormais. Je viens ici presque chaque jour.

GEORGES, *assez grinçant,*
après un silence et comme suivant une idée.

Évidemment ! Nous ne sommes plus à l'âge des aventures ! Et quelle évolution « normale », attendue, classique : après les joies de la vie, la « conversion » !

ADRIENNE

Georges, ne m'avez-vous fait venir ici que pour me dire des méchancetés ? Je m'attendais à autre chose, à...

À quoi ? À des effusions romantiques ? À des paroles édifiantes ? Deux vieillards qui s'attendrissent mollement. *(Contrefaisant, très légèrement, la voix et les gestes d'un vieillard :)* Nous étions jeunes, nous nous sommes aimés, nous sommes vieux, tout est bien !

ADRIENNE

Non, pas cela, Georges ! Je croyais que nous éprouverions une sorte de... douceur, à nous rencontrer, que n'ayant plus à craindre aucun trouble, nous pourrions retrouver ce qu'il y a eu de plus pur dans notre ancien amour et que ce souvenir, ainsi débarrassé de toute souillure, nous aiderait à... sauver notre âme... ensemble, puisque c'est désormais la seule union qui nous soit permise...

GEORGES, *ironique.*

Dieu, que c'est beau, ce que j'entends ! Comme ces phrases sentent l'encens et la myrrhe !... *(Farouche :)* Malheureusement, nous sommes loin de la vérité, mon amie ! Bien loin ! Car je dois vous dire...

ADRIENNE, *l'interrompant vivement.*

Attention ! Voici le sacristain ! Il me connaît. Moi je ne vous connais pas. Je prie...

> *Elle quitte sa chaise et va s'agenouiller, à quelque distance, sur un prie-Dieu, la tête dans ses mains. Le sacristain — un vieux bonhomme boiteux, vêtu de noir, passe lentement, venant de la droite et disparaît par la porte à tambour. Pendant ce temps, Georges est resté impassible.*

GEORGES, *à voix basse.*

Votre bonne conscience a pris la porte. Vous pouvez revenir ! *(Elle fait mine de quitter le prie-Dieu. Il l'en*

192

empêche.) Non ! Moi qui ne suis pas croyant, je serais curieux de savoir quelles pensées suggère la position « à genoux » sur ces drôles de meubles !

> *Adrienne fait un geste de protestation. Mais avant qu'elle ait pu l'empêcher, il s'est agenouillé sur un autre prie-Dieu, tout à côté d'elle.*

ADRIENNE, *sincèrement.*

Je vous assure, Georges, que votre attitude me déplaît ! *(Elle se lève avec décision.)* Quittez ce prie-Dieu, je vous en conjure !

GEORGES, *obéissant à regret.*

C'est bon ! C'est bon !...
(Debout en face d'elle sous la lumière des vitraux comme tout à l'heure. Avec brusquerie, et presque à voix haute :) Vous ne voyez donc pas que je tourne autour d'un tas de choses que je suis venu vous dire... et que je n'arrive pas à dire ?

ADRIENNE

Je vous en prie, parlez moins fort !

> *Adrienne, à son tour, lui prend la main et le force à s'asseoir. Elle s'assied à côté de lui. Ils sont, cette fois-ci, recouverts par la lumière des vitraux.*

ADRIENNE, *moitié sincèrement, moitié par ruse, comme pour le détourner de ce qu'il veut dire.*

Vous avez souffert, Georges ?

GEORGES, *d'un ton bourru.*

Question absurde ! *(Haussant les épaules :)* Bien sûr !... Une rupture si brusque !

ADRIENNE

Allons, pourquoi n'avez-vous jamais cherché à me revoir, ou seulement à m'écrire ?

GEORGES

Et vous ?

ADRIENNE

Je vous ai écrit, Georges. Deux fois. Sous un pseudonyme. Vous n'avez jamais répondu.

GEORGES

Dites plutôt que je n'ai rien reçu ! Après la découverte de notre correspondance clandestine, mes parents faisaient bonne garde... Non, Adrienne, je n'ai pas reçu vos lettres... Mais moi aussi je vous ai écrit... Ou plutôt, pour éviter que mes lettres ne tombent sous les yeux de votre mari, j'avais prié mon cousin de vous les remettre. Vous savez, mon vieux cousin, chez qui nous nous sommes vus pour la première fois ?

ADRIENNE

Je vous jure, Georges, que votre cousin ne m'a jamais remis vos lettres !

GEORGES, *la regardant fixement.*

Pourtant, n'étiez-vous pas... au mieux avec lui ?... Ou peut-être... Est-ce *à cause de cela* qu'il ne vous a pas remis mes lettres ?...

ADRIENNE

Que voulez-vous dire ?

GEORGES, *comme écartant une pensée pénible.*

Rien, rien ! Plus tard, plus tard !... *(Avec un geste :)* Et puis, à quoi bon ! Qu'est-ce que ça change, que nous nous soyons écrit ou non, puisque tout était brisé !

ADRIENNE

C'était inhumain d'être restés ainsi sans nouvelles, pendant quarante ans, après s'être écrit tous les jours pendant tout un hiver ! Il vaut mieux savoir que nous avons fait un effort, chacun de notre côté, pour rompre ce silence !... *(Presque tendre :)* Vous vous taisez, Georges ?... N'est-ce pas mieux de savoir cela ?... N'est-ce pas pour savoir cela, que vous êtes venu ?

GEORGES, *presque rageusement.*

Non ! Ce n'est pas pour cela !

ADRIENNE, *continuant comme si elle n'avait pas entendu.*

Et après ?... Quand vous avez renoncé à me revoir, à m'écrire ? Avez-vous pensé à « nous », quelquefois, pendant tout ce temps ?

GEORGES, *avec un éclat sourd.*

Ah non, par exemple !

ADRIENNE

Plus bas, Georges, plus bas, je vous en supplie !

GEORGES, *reprenant un ton plus bas*
mais avec une sorte de fureur contenue.

Ah ! Non, non et non !... J'étais un adolescent, encore presque un enfant, mais pas un faible ! J'ai eu d'abord très très mal. Comme si on m'avait jeté d'un cinquième étage, la

195

tête sur le pavé ! C'était atroce. Une grande maladie de gosse, vous savez, avec la fièvre, le délire, le monde qui tourne autour de vous. Et puis j'ai été empoigné par la vie et emmené très loin. Mais je vous assure que vous étiez enterrée profondément dans mon cœur ! Si profondément que je ne me souvenais plus de rien !

ADRIENNE

Comme vous êtes différent de moi ! Moi je n'ai, pour ainsi dire, jamais cessé complètement de penser à vous. Mais de mille façons différentes... Selon les heures de ma vie. Votre visage de jeune garçon restait jeune... jeune, à mesure que je vieillissais... Un peu comme si je devenais peu à peu une amie, votre sœur, votre mère... Mais vous, vous m'avez donc oubliée tout de suite ?

GEORGES

Peut-être. Et pourtant la souffrance la plus dure est venue plus tard !... Oui, il s'est passé un certain nombre d'événements... Oh, même pas des événements... Disons de simples... bavardages... Mais nous y reviendrons tout à l'heure... Et puis...

ADRIENNE

Et puis ?

GEORGES

Et puis, beaucoup, beaucoup plus tard, c'est-à-dire juste avant-hier, en passant par cette petite ville, où je savais que vous habitiez, tout est remonté à la surface, d'un seul coup : notre jeunesse, notre échec, ce grand amour qui était né dans un monde enivrant, fabuleux et qui avait fini comme la ridicule incartade d'un collégien puni !... *(Après un silence :)* Puni... et berné !

196

ADRIENNE

Ne dites pas cela ! On dirait que vous vous plaisez à ternir, à effacer, ce qui, en effet, avait été enivrant et beau !

GEORGES

Je n'aime pas le passé. Il ne m'attendrit pas. Je le hais. Surtout lorsqu'il m'a trahi.

ADRIENNE

Et moi, en vous entendant parler, je retrouve mes anciennes joies, mais aussi mes anciens... remords.

GEORGES

Remords ? Cela ne veut rien dire. Dites plutôt regret de ce qui n'a pas eu lieu !

ADRIENNE

Si cela n'a pas eu lieu, c'est que Dieu l'a voulu ainsi. Je suis croyante, Georges. Tout cela est bien fini. Je mène ici une vie honnête et droite, je vous l'ai dit.

GEORGES, *avec une colère croissante.*

Et moi je suis un homme honnête et droit. Mais je ne suis pas croyant — et votre « respectabilité » de fraîche date m'écœure.

ADRIENNE, *avec hauteur.*

Si c'est tout ce que vous avez à me dire, Georges, finissons-en tout de suite. Encore une fois, vous avez eu tort de me faire venir dans cette église...

GEORGES, *éclatant.*

Alors : dévote, confondant le remords avec le regret, les conventions provinciales avec la morale, voilà donc ce qu'elle

197

est devenue, ma belle Adrienne ?... *(Avec un humour cruel et à voix très basse :)* Dis-moi : là, franchement : combien as-tu eu d'amants, avant et après moi ?

ADRIENNE, *se levant, furieuse.*

Je ne vous laisserai pas me parler ainsi ! Cela suffit ! Je ne peux en entendre davantage !... Adieu, Georges !

> *Elle se lève et fait quelques pas vers la porte.*
> *Georges se lève, lui prend le poignet et la force à s'asseoir. Ils sont, cette fois-ci, de nouveau dans la pénombre. Mais Georges est assis un rang derrière elle, à sa droite et doit se pencher pour lui parler.*

GEORGES, *à voix basse.*

À mon tour de vous dire : attention ! Allons, restez !... Nous avons un compte à régler avec notre jeunesse. Nous ne pouvons pas mourir sur un malentendu. Il y a des choses — peut-être très pénibles — qui doivent être dites, Adrienne. Quand elles seront dites, tout sera clair — et nous pourrons nous permettre de ne plus exister. Du moins, l'un pour l'autre.

ADRIENNE, *très nerveuse.*

À quoi bon ! Je vous assure qu'il n'y a rien à dire que nous ne connaissions déjà.

GEORGES, *goguenard.*

Vous savez bien que c'est faux ! N'avons-nous pas appris tout à l'heure que nous nous étions écrit après le désastre ? Ne dirait-on pas, maintenant, que nous les avons reçues, ces lettres ?

ADRIENNE, *vaguement rassurée, avec amertume.*

Oui, nous les avons reçues nos lettres... avec quarante ans de retard !

GEORGES

C'est la trajectoire d'un grand élan, Adrienne. Ce grand
élan de mes dix-sept ans, de vos vingt ans, il fallait bien qu'il
retombe un jour! Comme j'ai souffert de cet élan brisé,
arrêté net! Comme si j'avais couru de toutes mes forces,
m'écraser contre une muraille! Adrienne, j'avais dix-sept
ans. Mais j'avais le cœur et les reins d'un homme de vingt-
cinq ans. On nous a empêchés de consommer cet amour. Et
je suis resté comme un affamé, à qui l'on présente un mets
succulent, pour le lui enlever aussitôt, avant qu'il ait pu
même l'effleurer du bout des lèvres! Je suis resté sur ma
faim, Adrienne...Allons!... Dites donc quelque chose!...

ADRIENNE, *continuant à baisser la tête.*

Moi aussi, Georges, je suis restée sur ma faim.

GEORGES

Ah! Tout de même! Pour cette parole, il vous sera
beaucoup pardonné!

ADRIENNE

Non, Georges, ce n'est pas pour des paroles de ce genre
qu'il me sera pardonné!

GEORGES, *sans prêter attention
à ce qu'elle vient de dire, les yeux perdus au loin,
avec une sorte de fureur.*

D'autres faims ont été apaisées : celle-ci ne l'a jamais été
et ne le sera jamais!

ADRIENNE

Georges! Ce ne sont pas des choses à dire ici!

199

GEORGES

Il faut tout dire, entendez-vous, tout ! *(Désignant le confessionnal :)* Comme vous le faites quand vous vous enfermez là pour chuchoter à l'oreille du prêtre !...

ADRIENNE

Ne profanez pas la Confession !

GEORGES

Je ne profane rien du tout. Je veux parler. Je parle. Ce silence me plaît. Cette odeur d'encens. Cela fait penser à la mort. C'est ce qu'il fallait pour évoquer ce qui n'a pas eu lieu...

ADRIENNE

... Et qui, cependant, a existé, Georges. Je vous ai aimé, n'en doutez pas !

GEORGES, *avec une pointe d'ironie.*

Comment en douterais-je, puisque vous me le disiez dans vos lettres ? Vous ne saviez pas mentir, n'est-ce pas ?... Ces lettres, c'est tout ce que j'aurai connu de vous !

ADRIENNE

Pas tout à fait, Georges, vous oubliez !... *(S'interrompant et regardant derrière elle vers la gauche.)* Oh, Georges ! La « Société Apollon » !

GEORGES

Qu'est-ce que c'est que ça ?

ADRIENNE

C'est une société d'art et d'archéologie qui fait visiter les monuments et les musées de la région.

GEORGES

Eh bien ?

ADRIENNE, *à voix très basse.*

Voici une des monitrices que je connais et qui s'avance vers nous, avec un groupe de visiteurs.

GEORGES, *à voix basse, goguenard.*

Où dois-je me cacher ? Dans le confessionnal ?

ADRIENNE

Ne dites pas de bêtises. Éloignez-vous simplement. Nous resterons là, comme des fidèles qui méditent.

GEORGES, *se levant.*

À quelles simagrées votre respectabilité ne me condamne-t-elle pas !... Il est vrai que cette complicité de gamins ne me déplaît pas. On dirait que j'ai encore dix-sept ans, Adrienne !

ADRIENNE, *souriant.*

Et moi, vingt, Georges !

> *Georges va s'asseoir un peu plus loin. Georges et Adrienne resteront assis à quelque distance l'un de l'autre, le regard perdu dans leurs pensées, pendant le passage du « groupe Apollon ».*
>
> *Arrive une femme d'une quarantaine d'années, assez revêche, dont la voix glapissante et le diapason élevé font contraste avec les paroles chuchotées par Adrienne et Georges. Elle est suivie de cinq personnes : un jeune couple, une étudiante de quinze ans, une grosse dame et un vieux monsieur très grand et décoré. Tous muets et dociles.*

201

LA MONITRICE, *arrivant près de l'endroit*
où Georges est assis et désignant,
en l'air, un chapiteau qu'on ne voit pas...

Ici, rien d'extraordinaire à signaler. Toutefois j'appellerai votre attention sur le chapiteau de la huitième colonne. Il représente Jonas avalé par la baleine, et vous voyez avec quel art le sculpteur a fait tourner le cétacé de façon à lui donner une courbe ornementale qui s'inscrit dans des limites géométriques précises.

Les visiteurs lèvent la tête un moment en silence, et approuvent du menton.
Pendant ce temps, la monitrice aperçoit Adrienne et se précipite vers elle avec empressement.

LA MONITRICE

Oh ! Chère madame ! Je ne vous avais pas vue ! Pardonnez-moi. Comment allez-vous ?

ADRIENNE, *polie, mais réservée.*

Très bien, merci.

LA MONITRICE

Et votre mari ? Et votre grand fils ?

ADRIENNE, *semblant désirer*
ne pas prolonger l'entretien.

Bien, bien, merci, mademoiselle.

LA MONITRICE

Mais je ne voudrais pas interrompre votre pieuse méditation ! Je retourne à mon groupe.

ADRIENNE

C'est ça. Au revoir, mademoiselle.

Au revoir, chère madame ! *(Rejoignant les visiteurs :)* Vous avez tous vu ? Bon. Nous allons maintenant nous diriger vers le chœur. Nous y resterons plus longtemps. Le chœur, en effet, est un spécimen typique de la transition entre la fin du Roman et le début du Gothique. On peut le constater d'abord parce que ses voûtes sont disposées déjà de manière à permettre une brisure plus prononcée de l'arc central et parce que d'autre part...

> *Tout en parlant, la monitrice s'est dirigée vers l'avant-scène de droite, où elle disparaît suivie des visiteurs. Après un silence, Adrienne se lève et va vers Georges. Celui-ci, la tête dans ses mains, paraît absent. Adrienne lui touche doucement l'épaule.*

ADRIENNE, *à voix basse, avec douceur.*

Eh bien, Georges ? Les avez-vous entendus ?

GEORGES, *levant la tête.*

Hein ! Comment ? Les membres de la « Société Apollon »... ? *(Haussant les épaules :)* Non, je n'ai pas prêté attention à leurs propos !

ADRIENNE

À quoi pensiez-vous ?

GEORGES

Je plongeais dans les années passées... J'essayais de me remémorer notre rencontre d'autrefois...

ADRIENNE

J'aime mieux vous voir dans ces dispositions.

> *Elle s'assied à côté de lui.*

GEORGES, *faisant un effort de mémoire.*

Oui. C'est cela. D'abord une rencontre chez mes cousins. C'était au mois d'août...

ADRIENNE, *doucement.*

Non Georges : fin septembre. Peu de temps avant la rentrée des classes. C'est ce qui nous a séparés.

GEORGES

C'est vrai. Donc en septembre. Moi un jeune candidat au bachot-philo, un peu précoce, un peu moustachu pour ses dix-sept ans. Vous, une toute jeune femme que sa famille va marier de force à un bonhomme de fonctionnaire plus vieux qu'elle... Des poèmes, lus ensemble sous la charmille... *(Brusquement, rembruni :)* Au fait, pourquoi sa famille voulait-elle si vite marier la jeune femme ?

ADRIENNE, *doucement, comme plus haut*
et comme si elle n'avait pas entendu
les dernières paroles de Georges.

Non, Georges, ce n'était pas une charmille. C'étaient des tilleuls.

GEORGES

Bon ! Bon ! Peut-être... Puis des baisers échangés sous les tilleuls...

ADRIENNE, *doucement.*

Non, Georges : au fond du jardin, sous la tonnelle aux glycines, où nous nous étions réfugiés sous prétexte qu'il allait pleuvoir... Vous voyez bien que je me rappelle mieux que vous...

204

Des baisers sous une tonnelle ! Comme c'est original !...
Mais c'étaient des baisers passionnés, furieux ! Les seuls qui
aient été donnés, j'imagine, depuis que le monde existe !
Baisers combien naïfs du jeune philosophe. Presque ses
premiers baisers. Tandis qu'elle...

ADRIENNE, *avec précipitation.*

Ne dites rien, Georges ! J'étais désemparée. Entre une
jeunesse qui n'avait pas été heureuse et un avenir qui
s'annonçait triste, vous apparaissiez là, tout à coup, avec
toute votre fraîcheur, avec...

GEORGES, *se montant un peu.*

C'est cela : fraîcheur. C'est bien le mot ! Une tentation
pour une fille qui a déjà « vécu » ! Tout à fait ce qu'il faut,
n'est-ce pas, pour retrouver l'appétit, avant de... supporter
un mari qui vous dégoûte ! *(Il a presque parlé haut à la fin
de cette phrase.)*

ADRIENNE, *alarmée, à voix très basse.*

Au nom du ciel, Georges, parlez plus bas, ou je vous quitte
à l'instant même ! Et puis vous n'avez pas le droit
d'employer des mots pareils ici ! Vous êtes donc décidé à
gâcher nos meilleurs souvenirs ?

GEORGES

Patience ! Nous reparlerons de cela plus tard. Pour le
moment, tout à notre idylle ! Voyons ! Il faut que vous
m'aidiez à me rappeler exactement comment les choses se
sont passées.

*Un court prélude de Bach, à l'orgue, se fait
entendre et continue pendant les répliques suivantes.*

GEORGES

Quoi, encore un office à cette heure-ci ? *(Consultant sa montre :)* Bientôt six heures.

ADRIENNE

Non. L'organiste vérifie les jeux de l'orgue.

GEORGES

Que trouvez-vous sous ces voûtes obscures ?

ADRIENNE

Vous ne comprendriez pas.

GEORGES, *ironique.*

Décidément, il est écrit que je serai toujours exclu de ce qu'il y a de plus profond en vous : hier l'amour, aujourd'hui la religion !

ADRIENNE, *avec reproche.*

Si vous avez été exclu, Georges, rappelez-vous, ce n'était pas ma faute. Je vous aimais, je vous attendais, je vous le répète.

> *Ils se taisent. Au bout de quelques instants, l'orgue s'arrête sur l'accord final du prélude de Bach.*

GEORGES, *avec une soudaine et violente émotion.*

C'est vrai, pourtant, que tu m'écrivais presque tous les jours, et que cela a duré ainsi près de six mois — tout un hiver — moi à Paris, toi dans ta petite ville lointaine !

ADRIENNE

Tu le vois bien, tu le sais bien que je t'ai aimé !

206

GEORGES

À midi, en rentrant du lycée, pendant que l'on était occupé à préparer le déjeuner, je chipais notre « livret de famille » dans le petit secrétaire de ma mère et je courais à la poste restante...

ADRIENNE

Et tu trouvais une lettre, parfois deux et même trois ! Je t'écrivais tout le temps !

GEORGES

Bien sûr ! Qu'aurais-tu fait, pendant ces longues journées d'hiver, dans une ville de montagne, pendant que ton mari allait à son bureau. Tu te rappelles : tu l'appelais : « Le Bouledogue » !

ADRIENNE, *le reprenant vivement,*
mais au fond, amusée.

Ne dis pas cela ! Quelle honte !

GEORGES

Une enfant, te dis-je, une enfant, comme j'étais moi-même un gamin... Et cela a duré tout un hiver ! Le soir, je travaillais tard à mes devoirs. Vrai, je découvrais tout à la fois : l'amour en même temps que Descartes et Spinoza... Mes parents venaient me dire bonsoir. Alors je fermais mes livres, je faisais semblant de me coucher, et, vite, je courais à ma cachette derrière les dictionnaires : j'en sortais tous mes trésors : une petite boîte bourrée de lettres, de fleurs séchées, de photos...

ADRIENNE

Tu te souviens de la plaque de photo en couleurs ?

207

Oui, une véritable vitre, encadrée d'argent, immense, difficile à dissimuler... Et les cheveux ! Ce n'était pas une boucle que tu m'avais envoyée : c'était presque une natte tout entière... Une fois, au lycée, en classe de physique, j'entends des copains rire derrière moi. Je me retourne : l'un d'eux me tend la « natte » qui était sortie de ma poche, je ne sais comment. Et toute la rangée de potaches qui s'esclaffait !

ADRIENNE

Tu n'étais pas assez prudent. Cela devait mal finir.

GEORGES

Et c'est ainsi que tout a fini. Un soir, mon père est entré dans ma chambre. À son air grave, j'ai tout de suite compris. Il avait trouvé des lettres. Il savait tout. Or tu étais mariée ; ton mari était jaloux ; s'il apprenait notre aventure, cela pouvait déclencher un drame, etc., etc. Note bien qu'il disait « un drame entre nos deux familles » ! Toi, moi, nous comptions peu dans l'affaire. Nous n'étions que des prétextes. Bref, je devais jurer de ne plus t'écrire, de ne plus te revoir. De son côté, notre vieux cousin m'avait écrit la même chose... Et puis — argument final, bien paternel : tout cela, « ça m'empêchait de travailler » !

ADRIENNE

Ce n'était pas vrai, n'est-ce pas ?

GEORGES

Bien sûr que non ! Jamais je n'ai été aussi brillant dans mes études... Pourtant, quel trouble m'apportaient tes lettres !... *(Se rapprochant d'elle.)* Tes lettres ! Elles me mettaient le feu à l'esprit, au cœur, à tous les sens ! Chaque nuit, dans mes nuits de gosse surmené, tu m'apparaissais.

ADRIENNE, *vivement, à voix basse.*

Je t'apparaissais parce que je m'échappais de chez moi !

GEORGES

Tu ne faisais pas que m'apparaître. Tu me parlais de nos projets, de nos prochaines rencontres...

ADRIENNE

Je devais aller à Paris, au printemps, chez une parente. J'attendais ce moment avec tant de joie !

GEORGES

... Nous visiterions ensemble les musées...

ADRIENNE

... Nous irions à Versailles, à Chantilly...

GEORGES

... Et même à Chartres !... Mais ce n'est pas tout, Adrienne ! Tes mots, tes mots brûlants de femme désœuvrée, insatisfaite, me parlaient *(À voix basse, de plus en plus basse :)...* avec précision... de ce qui se passerait... quand nous serions enfin seuls... livrés à nous-mêmes... dans une chambre !

ADRIENNE, *presque dans un cri.*

Tais-toi !... Si on nous entendait !

Un silence. Affolée, elle regarde autour d'elle. On entend au loin une chaise grincer sur les dalles de la nef.

GEORGES

Rassure-toi, ma pauvre Adrienne ! Ces mots qui aujourd'hui te font si peur, ces mots qui ont enfiévré ma jeunesse, ne « profaneront » pas, comme tu dis maintenant, « ton » église ! Ils sont éteints, bien éteints ! Peu de temps après notre séparation, j'en ai été délivré, de ces mots brûlants, j'en ai été délivré par la Sainte Réalité, sous les traits d'une servante qui sentait l'eau de vaisselle... Ah, un baiser qui n'est que promis, un corps qui n'est serré qu'en rêve, quel poison à quinze ans !

ADRIENNE

Tu m'en veux donc tellement, mon pauvre Georges ? Tu as donc bien souffert, quoi que tu prétendes !

GEORGES, *avec colère.*

Je t'ai dit que non ! Je t'ai dit que j'ai eu tôt fait de guérir de toi ! J'étais de la même trempe que toi... Non, la douleur est venue plus tard, beaucoup plus tard. Progressivement. Perfidement. Ré-tros-pec-tivement... *(brusquement)* mais patience, patience ! *(Changeant de ton. Avec un feint respect.)* Si nous parlions plutôt de vous, madame !

ADRIENNE, *inquiète.*

Que veut dire encore ce persiflage ?

GEORGES

Rien. Non. Sincèrement : rien. Je voudrais savoir comment vous avez vécu, pendant tout ce temps.

ADRIENNE

Tu veux vraiment le savoir ? À quoi bon ? Une destinée comme tant d'autres !

GEORGES, *glacial et ironique.*

Mais je m'intéresse à vous, madame !

ADRIENNE

Songe que, moi non plus, je ne sais rien de toi, de ce que tu es devenu.

GEORGES, *riant d'un rire amer.*

Rien d'autre que ce que tu vois. Un bonhomme aux cheveux blancs, bientôt retiré des affaires... De quoi vivre... Une femme. Un fils. Deux filles, dont une mariée. Voilà tout. À vous, madame !

ADRIENNE

J'ai perdu deux enfants, l'un en bas âge, l'autre à la guerre. Il avait vingt-cinq ans... *(Un silence.)* Mais il me reste un fils, qui a trente ans et qui vit avec nous. Marié. J'ai deux petits-enfants. Mon mari est toujours là. Nous vivons dans la grande maison de famille. Le jeune ménage est au second. Nous au premier. Voilà.

GEORGES

Comme tout cela est triste, triste, triste, ne trouves-tu pas ? C'est à mourir de chagrin ! Et de honte ! Oui, de honte ! C'est ça, de honte ! N'avoir su faire que cela : vivre ! Et vivre médiocrement !... Tiens, les pauvres folies de notre jeunesse, c'était une bénédiction à côté de cela !... Les folies de notre jeunesse... de *ta* jeunesse. *(Il réfléchit un moment.)*... Tout ce que j'ai appris sur toi, petit à petit *(haussant les épaules)*, oh, si tu savais comme je te le pardonne ! Mais cela a été si dur, au début !... J'avais l'impression qu'on m'arrachait mon enfance et qu'elle tenait à ma chair — et que, pour faire peau neuve, c'était douloureux, douloureux !... *(Avec un soupir :)* Oui, c'était douloureux, vois-tu, d'être obligé, peu à peu, de te voir autrement que je ne t'avais imaginée...

ADRIENNE, *de plus en plus inquiète.*

Tu m'effraies, Georges. Que veux-tu dire ?

GEORGES, *continuant*
et comme se parlant à lui-même.

Ou plutôt, si j'ai tant souffert, n'était-ce pas simplement par *envie* ! Oui, j'enviais les autres, je les enviais bassement, ceux qui avaient reçu de toi ce que le sort m'avait refusé. Non vraiment, ce n'était pas parce que tu me paraissais moins « pure ». Est-ce que nous aurions été « purs », toi et moi, sur un lit, après six mois d'attente ! Nous jugeons « impures » les joies que nous ne partageons pas, voilà tout !

ADRIENNE, *dans un souffle.*

Je ne t'ai rien refusé, Georges : je n'en ai pas eu le temps... Vois ce que tu me fais dire, et dans un lieu pareil !

GEORGES

Je te crois. Mais qu'avais-tu donc refusé aux autres ? Et peux-tu imaginer l'espèce de vertige qui m'a secoué, moi gamin naïf et amoureux, le jour où mon propre père — c'était quelques mois après sa grande scène de « morale » familiale — m'a raconté, en badinant, qu'il avait eu... comment disait-il ? — tes « faveurs » — oui c'est cela... peu de temps avant notre rencontre idyllique sous les tilleuls !

ADRIENNE, *dans un souffle.*

Quelle cruauté ! Pourquoi t'avoir dit cela ?

GEORGES

Sans doute pour me « dégoûter » de toi !... Dégoûter ! Comme si l'on pouvait être dégoûté de l'image même de son désir ! Être dégoûté sûrement pas. Mais éprouver à peu près l'impression d'un fer rouge sur la peau, cela oui !

ADRIENNE, *dans un murmure.*

Mon Dieu, secourez-moi, Vous qui voyez ma détresse !

212

GEORGES, *de plus en plus farouche.*

Ce n'est pas tout. Le moment est venu de « t'avouer » encore ceci : six mois plus tard, quand je portais encore, en moi, ton deuil, j'ai rencontré notre compatriote Gustave, tu sais, cet affreux imbécile, prétentieux et bavard ! Eh bien, lui aussi, s'est vanté de t'avoir eue pour maîtresse ! Et il m'a même donné des détails — minutieux — sur tes goûts, tes... « talents », disait-il !

> *Adrienne murmure une prière dont on ne perçoit que le bourdonnement.*

GEORGES

C'est cela. Plonge-toi dans la prière ! Ne m'écoute pas. Je parle pour moi-même. De vieux souvenirs qui remontent. De vieilles ombres qui s'en vont rejoindre la pénombre et les murmures de l'église... L'ombre de cet imbécile, par exemple, me racontant que, pour certains attraits, tu étais très « recherchée », alors, par les jeunes gens du village !

ADRIENNE, *dans un sanglot.*

Arrête-toi, je t'en supplie !

GEORGES

Sois tranquille ! J'ai fini. Ou presque. Ah oui ! Il y a encore ceci : pendant que je t'écrivais en vers (alexandrins) et que peut-être tu... « revoyais » cet imbécile, ton mari, lui, ne perdait pas son temps non plus... Et c'est encore mon père, tiens, qui a eu la joie de m'apprendre la naissance de ton premier enfant ! Que veux-tu c'était ton devoir. Le devoir et le remords sont faits pour vivre ensemble !

ADRIENNE, *se levant d'un bond.*

Assez ! Assez ! Tu es un monstre !... Si je t'ai écoutée jusqu'à présent c'est par humilité, parce que Dieu veut notre abaissement. Mais tu n'as pas le droit de me parler ainsi !...

Je m'en vais... Je n'aurais pas dû accepter de venir ; je m'en doutais bien ! Adieu !

Elle fait quelques pas vers la sortie.

GEORGES

Reste ! Reste, encore une fois ! C'est fini ! Là ! J'ai tout dit ! C'est entendu ! Je suis un monstre !

Georges va vers elle, la prend par le poignet et la force à s'asseoir à côté de lui. Elle se laisse tomber comme harassée, sur une chaise. Pendant ce temps, la pénombre s'épaissit autour d'eux. Les rayons tombant des vitraux pâlissent.

ADRIENNE, *d'une voix brisée.*

C'est le démon qui t'a envoyé. Mais Dieu sait que mon âme est pure, qu'elle Lui appartient, que tout le passé a été racheté.

GEORGES

Tu as raison : c'est le démon qui nous a traînés tous deux dans cette église. L'enfer n'est hanté que d'événements qui n'ont pas eu lieu, de désirs qui n'ont pas été assouvis, de choses incomplètes, inachevées, pourries, des larves ! *(Avec une espèce de vraie admiration et de sérénité :)* Tandis que toi, toi qui as été femme, si femme et si vraie, toi qui as aimé passionnément ton corps et qui maintenant, passionnément, adore ton âme, eh bien, aucun doute : tu es du côté de Dieu et de ses saints.

ADRIENNE

Encore cette mauvaise ironie ?

GEORGES

Non, Adrienne, pas d'ironie, ce que je viens de te dire, je le pense sincèrement. En arrachant de mon cœur et de ma

214

mémoire tout ce qui les avait jadis empoisonnés, j'ai accompli une sorte... d'acte d'amour — d'amour désespéré, d'amour posthume, avec ton ombre, ton ombre présente... ton ombre que je distingue à peine... Maintenant, j'ai recouvré la sérénité. Je n'ai plus pour vous, Adrienne, que tendresse... et mélancolie.

ADRIENNE

Mais pourquoi m'avoir parlé tout à l'heure avec tant de dureté, de rancune ? On aurait dit que c'était la haine, la haine seule qui vous inspirait ! Pourtant, que vous ai-je fait ? En quoi suis-je coupable vis-à-vis de vous ! Et de quel droit me jugiez-vous ?

GEORGES

Ne vous méprenez pas, Adrienne ! Je n'ai aucune haine contre vous. Vous n'êtes coupable ni envers moi, ni envers personne. Je ne vous juge pas car je ne crois pas à votre morale. Et je trouve que vous vous donnez bien du mal, vous autres, pauvres âmes pieuses, pour « racheter » ce qui n'a pas besoin d'être racheté. Ce ne sont pas les êtres qui sont coupables : c'est la vie tout entière. Avec son immense désordre. Avec cette cohue, cette tempête insensée. Avec ce grand remuement aveugle de destinées qui ne savent où aller, qui s'entrechoquent et qui au hasard s'arrachent les unes aux autres leurs biens et leurs maux, trésors et misères, la vie et la mort...

ADRIENNE, *craintive et affectueuse.*

Vraiment, Georges, tu ne m'en veux pas ?

GEORGES, *très calme et très doux.*

Non, Adrienne ! Pourquoi t'en voudrais-je ? Le hasard nous avait poussés l'un vers l'autre. Il nous a séparés de force. Il a suffi d'une minute de malchance. Peut-être aurais-

215

tu, un jour, tout quitté pour vivre avec moi, avec ton collégien devenu un homme.

ADRIENNE

Peut-être, Georges. Je t'aimais tant ! *(La voix très basse, presque inaudible :)* Je te désirais tant !

GEORGES, *en lui prenant la main.*

Effaçons tout avec des paroles. C'est pour des paroles que nous sommes venus. Consolons-nous avec des « si » et des « peut-être »...

ADRIENNE

... avec ce qui *aurait pu* être...

GEORGES

... mais que nous n'avons pas eu le droit de réaliser. Seule la vie a assez de ressources pour inventer et mélanger tous les chemins possibles ! Dans la gerbe, nous ne pouvons choisir qu'un seul épi à la fois...

> *À ce moment le vantail du grand portail tourne lentement sur lui-même. On voit la lumière d'une belle fin d'après-midi d'été se découper, éblouissante, par contraste avec l'ombre qui a envahi l'intérieur de l'église.*

GEORGES

Que se passe-t-il ? On nous chasse ? La cruelle lumière du jour dissipe déjà nos ombres ?

ADRIENNE

On nettoie l'église. On ouvre le grand portail à deux battants, pour laisser entrer le soleil.

GEORGES, *se levant avec un soupir.*

Il est donc temps de sortir de notre confessionnal ? De retrouver l'espace, où l'on parle à haute voix ? Ici, on ne peut que chuchoter.

ADRIENNE, *se levant aussi.*

Nous avons chuchoté, murmuré contre le sort.

GEORGES

Ce que nous avions à dire devait être dit à voix basse. C'est pourquoi j'avais choisi l'église.

ADRIENNE

Avons-nous bien tout dit ?

GEORGES

Non ! Les mots les plus importants n'ont pas été prononcés.

ADRIENNE

Lesquels ?

GEORGES

D'abord celui-ci : « irréparable » !

ADRIENNE

Comme il est douloureux à entendre !

GEORGES

Et puis il y a encore ceci : rien n'est accompli jamais, rien ne s'achève, sinon notre vie.

217

ADRIENNE

Parce que tout s'accomplit et s'achève ailleurs que sur cette Terre, Georges !

GEORGES

Tant mieux pour vous, Adrienne, si vous y croyez !... pour moi, je crois que toute histoire finit mal, en tout cas par une séparation.

ADRIENNE

On se sépare ici, mais pour se retrouver là-haut, plus tard.

GEORGES

Vous saurez donc dire le dernier mot ?

ADRIENNE

Oui : adieu !... Adieu, Georges ! À Dieu !

GEORGES, *avec une sorte de sombre fureur.*

Moi je dis : À jamais !

> *Ils s'éloignent lentement côte à côte. Arrivés dans la pleine lumière du dehors, on voit leurs silhouettes, à contre-jour, se séparer, s'adresser un dernier geste d'adieu et disparaître, l'une à droite, l'autre à gauche, du parvis de l'église.*

Rideau

Villiers-sous-Grez,
11-25 août 1952.

L'épouvantail

MONOLOGUE DE PLEIN AIR

La scène représente — ou symbolise — une grande plaine cultivée et déserte, à la fin d'un après-midi d'automne.

Au premier plan se dresse un « épouvantail » classique : une sorte de mannequin simulant « un bonhomme », de haute taille.

Il est habillé de vêtements en loques (faits de pièces rapportées très colorées), rembourrés de paille et de chiffons.

Il a les bras en croix, ses mains sont faites de vieux gants déchirés. Sa tête, où l'on ne voit guère que de la barbe et des moustaches hirsutes, ainsi qu'une broussaille de sourcils, est recouverte d'un vieux chapeau de feutre troué.

Il parle d'une voix enrouée, traînarde, un peu comme un ivrogne.

On peut lui donner un accent de terroir — berrichon, bourguignon ou auvergnat, par exemple — avec, parfois, des accents rageurs.

Nota : L'acteur qui tient le rôle aura eu soin de « truquer » son déguisement de façon à dissimuler ses bras le long du corps, sous les haillons.

Ses « bras d'épouvantail » seront soutenus par un bâton passé horizontalement derrière les épaules et enfilé dans les manches.

Lorsque le rideau se lève ou s'écarte, et que la lumière
l'éclaire peu à peu, l'Épouvantail est en train de grommeler
quelques mots indistincts, coupés de grognements.
   Il bâille longuement.

         L'ÉPOUVANTAIL, *d'une voix d'abord empâtée*
              et sourde puis de plus en plus distincte.

Bonsoir de bonsoir, comme je m'ennuie
dans cette plaine sans fin
où ne passe pas un homme pareil à moi !

                    Avec un hoquet de hargne et de dérision.

Pareil à moi l'Épouvantail.

         Un temps.
         On entend le vent puis un petit sifflement intermit-
    tent.

Debout et solitaire par tous les temps,
les gens du village m'ont planté là
pour faire peur aux oiseaux pillards
pour les empêcher de voler le grain des semailles
puis le grain qui mûrit puis le grain de la moisson.

                    Il bâille de nouveau.

Chaque année on me porte jusqu'ici
sur le chariot de la ferme
et c'est une fête pour tous —
putains de charognes —
quand ils me dressent au-dessus des champs,
où je dois rester vigilant et immobile, pendant que la Terre
fait la moitié de son tour !
Les enfants rient ils battent des mains
sans prendre garde à ma misère,
au soleil qui va me brûler
au froid et à la pluie qui vont me geler !
Ensuite, adieu tout le monde, on s'en va
en me souhaitant bonne chance par dérision
car je reste seul au milieu des labours
avec mes vêtements pleins de trous
sans pouvoir faire un pas. Voyez !
Le vent qui me secoue sans pitié
fait tournoyer mon vieux chapeau en loques
trembler mes longs bras bourrés de paille
et résonner un drôle de sifflet logé dans ma tête :
c'est là tout le mouvement qui m'est permis.

> *Une rafale de vent fait résonner trois ou quatre fois*
> *le sifflet.*
> *L'Épouvantail pousse un long soupir.*

Je me souviens d'autrefois
quand j'étais un enfant comme les autres
avec des jambes des bras, des yeux qui bougent.
Je montais dans le grenier de la maison
j'ouvrais les vieux coffres poussiéreux
pleins de souvenirs des ancêtres
j'y trouvais des habits anciens.
Surtout me plaisait l'uniforme de Garde national
de l'arrière-grand-père, du temps du Roi-Bourgeois.
Il y avait l'habit de drap noir très lourd
avec les épaulettes comme une barbe rouge

224

le shako très haut le baudrier de cuir blanc
et le sabre le grand sabre mal aiguisé.

Un soupir.

Bonsoir de bonsoir, c'était le temps de jadis.
En catimini, j'emportais la défroque sur le pré
derrière l'écurie. Caché par les pommiers
je m'habillais avec cérémonie
et tout le jour je remportais des victoires
sur ces ennemis terribles
que sont les pissenlits les reines des prés
les mouches bleues, les papillons jaunes et blancs dans le
[soleil.
J'étais déjà l'Épouvantail
mais pour moi-même seulement
et pour la gloire d'être en vie.

Un temps.
Quelques cris d'oiseaux se font entendre : moi-
neaux, alouettes, corbeaux, etc.

Le temps a passé. Maintenant encore
je dois gagner des batailles
mais je me bats contre ceux que j'aime,
on me les a désignés comme ennemis :
c'est l'alouette qui chante si haut qu'on ne la voit pas
les moineaux bavards et rieurs, les étourneaux
qui s'abattent par bandes sur les terres
les merles inspirés les hirondelles ivres de vitesse
et les corbeaux dont l'habit noir a des reflets bleutés.
Moi je suis le soldat à l'avant-poste
mais je n'ai plus le beau costume de l'ancêtre
et souvent je trahis. Quand le vent renonce à me secouer
je laisse les chanteurs à bec et à plumes
se gorger de froment se rassasier d'avoine
et je ris sous mon chapeau troué. Quel bon tour
je joue aux villageois, mes geôliers, mes tortionnaires !

Il rit d'un rire gras et bref. Un temps.

C'est ainsi que la large plaine
où il fait si bon respirer l'espace
où chaque saison laisse un sillage embaumé,
on me l'a changée en prison par un jugement sans appel
et certes il n'est pas de pire châtiment
que cette solitude sans fin
et le mutisme de ce monde.

> *Avec véhémence, en regardant le ciel.*

Pourquoi oh pourquoi m'avez-vous abandonné ?

> *Un temps.*
> *On entend l'Épouvantail bougonner dans sa barbe.*
> *Le paragraphe qui suit sera dit avec un « cres-*
> *cendo » progressif.*

À défaut de réponse
j'attends l'orage comme une promesse
de délivrance, de révolte.
Je flaire le moment d'être libre
de m'en aller d'ici pour toujours.
Quand l'ouragan s'annonce au ras du sol
par le frémissement de l'herbe
quand les nuages deviennent sombres
quand l'éclair déchire d'un coup la toile de l'horizon
quand le tonnerre roule ses barriques
quand la pluie s'abat torrentielle
quand le grand fracas libérateur
fait craquer mes jointures de bois,
alors je hurle à l'été qui me tue :
je suis ta victime reconnaissante.
Si la foudre me consume, tant mieux !
J'aurai joué mon rôle, otage solitaire et fracassé
car ce que je protège
ce ne sont pas seulement les semailles
c'est l'homme, l'homme tout entier.
Son crime, je l'assume.
Moi le plus misérable de tous

j'en fais mon affaire ! À cause de moi
il peut continuer à vivre, à aimer pour se reproduire
et pour répandre toujours davantage
l'épouvante sur toute la Terre
jusqu'à la fin de cette race
à la fois maudite et sacrée...

> *Un temps, comme s'il reprenait sa respiration.*
> *La lumière baisse rapidement, la nuit approche.*

En attendant ce qui doit venir
et qui jamais ne se montre
dans l'espérance et dans la crainte
passent les saisons. Le printemps s'éloigne de moi
puis l'été qui a mûri les moissons
grâce à moi et malgré moi.
Vient le moment de la récolte.
Au bruit des essieux qui crient
s'approche le charroi des moissonneurs
mais ils sont aussi taciturnes
que les arbres et les cailloux.
Même en mangeant le pain sauvé des oiseaux
même en buvant le vin volé aux vignobles
ils ne savent que dire :
ils regardent le ciel
avec reproche, avec inquiétude
et ils hochent la tête avant de rentrer chez eux.

> *Un temps.*

L'automne arrive avec ses ombres.
Les enfants ont grandi, ils ne me jettent plus de pierres
ils sont silencieux, eux aussi,
devant les livres de classe, à la lueur de la lampe.
Quelquefois, devenu inutile on m'emporte
on me jette dans la grange sur un tas de bois
on m'oublie et je me morfonds, toujours seul
jusqu'au printemps prochain.
Souvent aussi on me laisse là

pour que je crève,
héros et victime dérisoire
d'une guerre dépassée.

> *Un ton plus bas, avec un accent qui tient à la fois*
> *de la confidence et d'une ruse enjouée, pendant que*
> *l'obscurité s'accroît.*

Mais ça n'est pas si simple !
Je vais vous raconter ce qui m'advient en secret !
Ne le dites à personne !
Je me secoue, je me secoue
mais, cette fois, sans avoir besoin du vent
et voilà que peu à peu
je retrouve mes deux jambes d'homme
je retrouve la joie d'être debout
et de changer de place à mon gré !
Je m'arrache à cette terre
que j'étais chargé de défendre
et qui ne m'a jamais récompensé
et je me mets à marcher jusqu'au chemin
à faire sonner sur les pierres mes vieux talons ferrés.

> *Il s'étire en respirant à pleins poumons*

Ah, que c'est bon de renaître !
Elle m'entend,
ma sœur aveugle et muette, la Nuit,
ma grande amie
qui vient des origines
et s'en va je ne sais où
comme moi.

Alors je n'ai pas de plus grand bonheur,
pour croire encore que j'existe,
que d'éveiller la colère d'un chien
évadé d'une ferme voisine.
Lui aussi joue son rôle de défenseur imbécile,

pour lui tout ce qui bouge est l'ennemi.
Il me suit de près avec son jappement.

> *La nuit est maintenant totale.*
> *On distingue toutefois — très vaguement — la silhouette de l'Épouvantail qui s'ébranle et se met lentement en marche vers les coulisses.*

Mais je n'ai pas peur. Qu'est-ce que ses crocs
pourraient arracher de plus à mes haillons ?
Et qu'est-ce qui fait le plus peur à tout le monde
l'aboiement d'un chien
ou l'ombre d'un homme ?

> *On entend s'éloigner des pas lourds suivis d'un aboiement de chien hargneux.*

Fin

Gerberoy
7-13 juillet 1981.

La jeune fille et le haut-parleur

MONOLOGUE CRUEL

La scène représente un grand hall plongé dans une semi-obscurité : seul un faisceau lumineux est dirigé vers le haut sur un énorme haut-parleur d'où part la voix anonyme d'un employé. Seul mobilier : une chaise longue un peu en avant du haut-parleur. Entre timidement, presque en claudiquant, une jeune fille, jolie et gracieuse mais modeste dans ses vêtements et dans son comportement. Après avoir hésité, regardé à droite et à gauche autour d'elle, elle aperçoit le haut-parleur.

LE HAUT-PARLEUR, *banal mais aimable.*

Entrez sans crainte, mademoiselle... Bon !... Remettez-vous ! Mais auparavant, veuillez mettre une pièce de monnaie dans le tronc automatique, là où la flèche l'indique. Bien ! Maintenant, parlez ! Je vous écoute.

LA JEUNE FILLE

Que dois-je dire ? Vous m'intimidez.

LE HAUT-PARLEUR

Pourtant vous ne me voyez pas !

LA JEUNE FILLE

C'est justement pour ça.

233

LE HAUT-PARLEUR, *avec condescendance.*

Voyons, mon enfant, qu'êtes-vous venue chercher ici ?

LA JEUNE FILLE

Je suis malheureuse.

LE HAUT-PARLEUR

Alors, vous êtes venue chercher le ré... le ré ?... Le ré-con-fort, voyons !

LA JEUNE FILLE

Oui, bien sûr. Mais je ne sais comment vous parler.

LE HAUT-PARLEUR

N'ayez aucune inquiétude !... Mais tout d'abord, asseyez-vous... Bon ! Maintenant relâchez votre volonté et laissez-vous aller ! Ne pensez à rien de précis et dites-moi tout ce qui vous passera par la tête.

LA JEUNE FILLE, *piteusement.*

J'ai troué mon bas ! Une maille qui a filé !

LE HAUT-PARLEUR

Ce n'est rien. Continuez !

LA JEUNE FILLE

Il est dix heures.

LE HAUT-PARLEUR

C'est l'évidence même.

LA JEUNE FILLE

Il est minuit.

LE HAUT-PARLEUR

Si vous voulez !

LA JEUNE FILLE, *après une courte pause.*

J'ai peur.

LE HAUT-PARLEUR

De quoi avez-vous peur ?

LA JEUNE FILLE

De tout. Du bruit. Du silence.

LE HAUT-PARLEUR

Alors, parlez ! Vous couvrirez l'un et vous peuplerez l'autre. Continuez !

LA JEUNE FILLE

J'aime... rêver. J'aime dormir. J'aime bouger. J'aime rester immobile. J'aime le sucre et le poivre, la ville et la campagne, enfin tout... que sais-je ?

LE HAUT-PARLEUR

Oh ! oh ! La Fontaine, Montaigne : voilà bien des citations !

LA JEUNE FILLE

Plaît-il ?

LE HAUT-PARLEUR

Rien. À part ça, comment vous sentez-vous ?

LA JEUNE FILLE

Mal. Très mal !

LE HAUT-PARLEUR

Qu'est-ce qu'il y a qui ne va pas ?

LA JEUNE FILLE

C'est difficile à dire.

LE HAUT-PARLEUR

Bon ! Nous allons vous examiner.

LA JEUNE FILLE, *naïvement.*

Faut-il me déshabiller ?

LE HAUT-PARLEUR

Inutile. Répondez seulement aux questions. Sans hésiter.

LA JEUNE FILLE

Je vous écoute.

LE HAUT-PARLEUR

Deux et deux ?

LA JEUNE FILLE

Quatre.

LE HAUT-PARLEUR

Quatre et quatre ?

LA JEUNE FILLE

Huit.

LE HAUT-PARLEUR

Huit et huit ?

LA JEUNE FILLE

Seize.

LE HAUT-PARLEUR

Seize et seize ?

LA JEUNE FILLE

Trente-deux.

LE HAUT-PARLEUR

Bon. Ça ne va pas mal de ce côté-là... Votre date de naissance ?

LA JEUNE FILLE

12 avril 1968.

LE HAUT-PARLEUR

Lieu de naissance ?

LA JEUNE FILLE

Calot-sur-l'Oreille.

LE HAUT-PARLEUR

Département ?

LA JEUNE FILLE

Meurthe-et-Garonne... Mais pourquoi me demandez-vous tout cela ? Vous n'allez pas faire une fiche de police sur moi, non ?

LE HAUT-PARLEUR, *comme se parlant à lui-même.*

Tiens ! Voilà l'angoisse qui reparaît ? *(Voix normale : s'adressant à la jeune fille.)* Mais rassurez-vous : nous vérifions seulement votre mémoire. Poursuivons !

LA JEUNE FILLE, *avec une soudaine inquiétude.*

Poursuivons, poursuivons ! Vous voulez me poursuivre ?

LE HAUT-PARLEUR, *ricanant.*

Mais non, mais non ! Je voulais dire : continuez ! *(De nouveau se parlant à lui-même :)* C'est bien ce que je pensais : sentiment de culpabilité.

LA JEUNE FILLE, *indignée.*

J'ai entendu, vous savez. Mais je ne suis pas coupable !

LE HAUT-PARLEUR

Bien sûr que non, mon enfant !... D'ailleurs, que l'on soit coupable ou non, on a toujours l'impression de l'être. Voilà l'important !

LA JEUNE FILLE, *rassérénée.*

Oui c'est vrai, comme c'est drôle !

LE HAUT-PARLEUR

Pas toujours... Maintenant, encore une fois, détendez-vous ! Détendez-vous, vous entendez ? Et laissez parler votre imagination. Sans aucun contrôle ! Des mots sans suite ! Des images incohérentes ! Des idées fantasques, même fantastiques !... N'ayez pas peur.

LA JEUNE FILLE

Où est-ce que vous allez chercher tout ça ?

LE HAUT-PARLEUR

C'est que nous sommes très nombreux, très très nombreux ! À nous tous, nous arriverons bien à en connaître un seul !

LA JEUNE FILLE, *avec admiration.*

Quelle organisation !

LE HAUT-PARLEUR

Comme vous dites... Allons, continuons ! Dites n'importe quoi !

LA JEUNE FILLE

Je vais essayer... *(un temps, puis, très volubile et comme si elle disait quelque chose d'étrange)...* Les prix montent, c'est affolant ! Les carottes, ne m'en parlez pas ! Et la viande ! Et le pain ! Et le beurre ! Et pendant ce temps-là, les salaires qui ne bougent pas ! J'ai du mal à me lever le matin. Quelle fatigue ! Je fais la lessive à l'aurore, avant de partir. Je n'ai pas le temps de rentrer à midi. Il est vrai que ça me permet de rester déjeuner avec les collègues. À la cantine, on peut bavarder, on peut rire, on peut même pleurer si on en a envie, mais la viande n'est pas très fraîche, les pâtes sont trop cuites, les serviettes sont sales...

LE HAUT-PARLEUR, *l'interrompant.*

Ouais ! Je vois, je vois ! Vous êtes terriblement enchaînée au quotidien !... Rien dans vos rêves ? Pas de prince charmant ? Pas de forêt profonde ? Pas de fées ? Pas de sorcières ? Pas de duchesses ?

LA JEUNE FILLE

Pardonnez-moi, monsieur, je n'ai pas le temps de courir après des duchesses. Hélas, dans la banlieue où j'habite il y a pas de forêt, pas de rivière !

LE HAUT-PARLEUR, *après un soupir*
et en parlant un ton plus bas.

Qu'avez-vous d'autre à déclarer ? Pas de cigarettes ? Pas de whisky ? Pas de cinéma ? Pas de romans policiers ?

LA JEUNE FILLE

J'adore la danse. Mais..

LE HAUT-PARLEUR

Mais quoi ?

LA JEUNE FILLE

C'est bête, ce que je vais dire.

LE HAUT-PARLEUR

Ce qu'on dit est toujours bête.

LA JEUNE FILLE

J'ai remarqué une chose : chaque fois que je danse, dès
mon premier pas de danse, j'ai une maille qui file à un de
mes bas.

LE HAUT-PARLEUR, *distraitement.*

Ah vraiment ? *(Ton décidé.)* Autre chose : pas de maux de
tête ? Pas d'insomnies ?... Vous avez de l'appétit ?

LA JEUNE FILLE

Pas du tout.

LE HAUT-PARLEUR

Aucun appétit ! Bon, je vois ce qu'il vous faut. Appuyez
sur le bouton B du tronc automatique. Vous y trouverez
votre horoscope. Les figures sont les planètes. L'équation
algébrique c'est votre portrait. Mais ça, c'est le Règlement.
N'y faites pas trop attention. Quant à moi, personnellement,
eh bien... je vous conseille de vous marier.

LA JEUNE FILLE

J'y ai déjà pensé. Comment avez-vous deviné ?

LE HAUT-PARLEUR

Nous savons tout. Voulez-vous que l'on vous inscrive au bureau des mariages ?

LA JEUNE FILLE, *méfiante.*

Alors, vous mariez les gens, comme ça ?

LE HAUT-PARLEUR

Oui, comme ça !

LA JEUNE FILLE

Comme ça, tout de suite ?

LE HAUT-PARLEUR

C'est-à-dire que nous vous présentons un ou deux partis possibles. Ou même dix ou vingt si vous voulez. Libre à vous de vous décider. *(Confidentiellement)* Notez que, quand je dis mariage, c'est une formule, vous me comprenez ? La censure municipale nous interdit d'en dire davantage.

LA JEUNE FILLE

Ah je comprends... *(après avoir réfléchi)* alors inscrivez-moi !

LE HAUT-PARLEUR

Bien ! Voici : vous avez le numéro B Z bis 9740. Veuillez retourner vous asseoir, on vous appellera.

LA JEUNE FILLE

Au revoir, mon Père *(se reprenant.)* Je voulais dire...

241

Appelez-moi Monsieur. *(Prenant soudain le ton mécam-que et accéléré d'une annonce publicitaire)* Mais, avant de partir, mademoiselle, n'oubliez pas nos œuvres sociales ! Je vous signale également que, pour les robes de mariages, couronnes de fleurs d'orangers, écharpes blanches, gants blancs, linge fin et linge de table, trousseaux, layettes, le service de demi-confection est au troisième étage à gauche, ascenseur F... Même chose en cas de funérailles !... Pour les inquiétudes religieuses, envies de suicide, angoisses, désespoir et autres, le service des Bains-Douches et Massages est à votre disposition, au sous-sol.

LA JEUNE FILLE

Merci, Docteur !

Un silence. La jeune fille, d'abord indifférente puis soucieuse, va et vient à pas lents autour de la chaise longue. Pendant ce temps, la lumière baisse peu à peu jusqu'à la pénombre.

LE HAUT-PARLEUR, *à mi-voix, sur un ton inquiétant.*

Maintenant, jeune fille, étendez-vous sur la chaise longue. Oui, jeune fille, étendez-vous.

La jeune fille obéit et s'étend lentement.

Bien, bien, jeune fille... Et puis, fermez les yeux ! Fermez les yeux et écoutez.

Un court silence, puis une voix de femme très mélodieuse mais très simple, avec une sorte de tendresse effrayée, se substitue à la voix d'homme dans le haut-parleur.

LA VOIX DE FEMME

Les trois duchesses les trois duchesses
viennent me prendre par la main

pour m'entraîner dans la clairière
c'est mon destin c'est mon destin.

La première n'a plus de jambes
la seconde n'a plus de tête
la troisième n'a plus de mains.

Je leur plais parce qu'elles sont folles
parce que je ne dis jamais rien.

Les trois duchesses les trois duchesses
viennent me prendre par la main
pour me conduire à la rivière
entre la nuit et le matin.

Quand je serai dans la rivière
avec le ciel au fond des yeux
les trois duchesses les trois duchesses
les trois duchesses riront bien.

> *Pendant la récitation de la femme, la jeune fille a paru s'endormir en faisant quelques mouvements de plus en plus rares, puis elle est devenue totalement immobile. La scène est maintenant dans l'obscurité. Le rideau tombe avec lenteur.*

> *Remarque : pendant cette dernière scène, on peut faire entendre au loin une partie de « La jeune fille et la mort » de Schubert.*

ŒUVRES DE JEAN TARDIEU

Aux Éditions Gallimard

Poésie

ACCENTS.
LE TÉMOIN INVISIBLE.
JOURS PÉTRIFIÉS.
MONSIEUR MONSIEUR.
UNE VOIX SANS PERSONNE.
CHOIX DE POÈMES.
HISTOIRES OBSCURES.
FORMERIES.
COMME CECI COMME CELA.
MARGERIES. Poèmes inédits 1910-1985.

Poésie/Gallimard

LE FLEUVE CACHÉ.
LA PART DE L'OMBRE.
L'ACCENT GRAVE ET L'ACCENT AIGU.

Prose

FIGURES.
UN MOT POUR UN AUTRE.
LA PREMIÈRE PERSONNE DU SINGULIER.
PAGES D'ÉCRITURE.
LES PORTES DE TOILE.
LE PROFESSEUR FRŒPPEL.
LES TOURS DE TRÉBIZONDE.
ON VIENT CHERCHER MONSIEUR JEAN.

LES DIEUX ÉTOUFFÉS (Seghers). *Épuisé.*

BAZAINE, ESTÈVE, LAPICQUE, en collaboration avec André Frenaud, et Jean Lescure (Carré).

LE DÉMON DE L'IRRÉALITÉ (Ides et Calendes). *Épuisé.*

CHARLES D'ORLÉANS (P.U.F.). *Épuisé.*

LE FAROUCHE À QUATRE FEUILLES, en collaboration avec André Breton. Lise Deharme et Julien Gracq (Grasset).

DE LA PEINTURE ABSTRAITE (Mermod).

JACQUES VILLON (Carré).

HANS HARTUNG (Hazan).

HOLLANDE. Textes pour des aquarelles de Jean Bazaine (Maeght).

C'EST À DIRE. Une phrase inédite. Avec huit aquarelles de Fernand Dubuis (Éd. G.R.).

DÉSERTS PLISSÉS. Texte accompagnant 24 frottages de Max Ernst (Bolliger).

OBSCURITÉ DU JOUR. Coll. « Les Sentiers de la création » (Skira). *Épuisé.*

UN MONDE IGNORÉ. Textes pour l'album de photographies de Hans Hartung (Skira).

LE PARQUET SE SOULÈVE. Poèmes accompagnant six compositions originales de Max Ernst (Brunidor-Apeïros).

L'OMBRE LA BRANCHE. Poème accompagné de lithographies de Jean Bazaine (Maeght).

DES IDÉES ET DES OMBRES. Texte accompagné d'estampes de Pol Bury (R.L.D.).

POÈMES À VOIR. Illustrations de Pierre Alechinsky (R.L.D.).

UN LOT DE JOYEUSES AFFICHES. Illustrations de Max Pappart (R.L.D.).

CARTA CANTA, avec un « Portrait à la diable » pour une suite de dix eaux-fortes en couleurs de Pierre Alechinsky (chez Lydie et Robert Dutrou, imprimeurs et éditeurs à Paris).

COLLECTION FOLIO